차와 일상

# 차와 일상

천천히 따뜻하게, 차와 함께하는 시간

이유진 지음

샘터

프롤로그

       매일 아침, 두 아이와 차를 마시는 일상을 쌓아온 지도 14년이 되었다. 1년 365일 차를 하루에 한 번만 마셨다고 해도 5천 번을 넘게 마셔온 셈이다. 처음에는 내 자신에게 짧은 쉼표와 여유를 주고 싶은 마음으로 시작했던 매일의 차 생활이 하나의 의식처럼 일상에 자리잡게 되었고, 내 삶에 그리고 우리 가족의 삶에 자연스레 스며들게 되었다. 눈코 뜰 새 없이 흘러가는 일상 속에서 차를 마시는 시간은 명상이 되어주고 힐링이 되어준다. 더불어 우리 가족이 서로의 이야기를 나누고 보듬으며 깊은 관계를 쌓아가는 시간이 되어준다. 우리에게 차는 차곡차곡 쌓여가는 매일의 이야기와도 같다.

처음 차를 마시던 그 시간이 쌓여 내가 달라졌고 내 삶이 달라졌다면, 이제는 차를 마시는 그 잔잔하고 고요한 시간이 내 아이들의 삶을 한층 더 단단하게 만들어주고 있는 듯하다. 순수하고 담백한 자연의 맛에 익숙해지고 맑고 깨끗한 정신과 차분하고 안정된 마음을 유지하면서, 그렇게 매일의 차 한 잔을 통해 아이들은 성장하고 또 성숙해져 간다.

차를 마시는 시간에서 나는 내 자신을 찾고 내가 원하는 길을 찾았다. 그렇게 내가 안정되고 단단해지면서 엄마인 나를 통해 아이들 또한 안정되고 단단해지는 것을 느꼈다. 나의 권유로 차를 마시기 시작한 주변 사람들 또한 같은 경험을 하는 것을 보았다. 그래서 더 많은 사람들이 차 생활을 통해 마음의 안정과 평온을 찾기를 바라는 마음으로 이 글을 썼다.

나와 우리 가족뿐만 아니라 더 많은 사람들이 행복을 느끼며 살아갔으면 좋겠다. 한 잔의 차에 그 해답이 있을지도 모른다.

차와 함께하는 나의 일상에 늘 동참해주는 두 아이와 신랑에게 감사와 사랑을 보낸다. 가족이라는 이름으로 우리가 만날 수 있었던 건, 내 인생 최고의 행운이다.

차례

° 아침의 차

우려낸 차가 담긴 찻잔 속에서

새들이 지저귀는 소리가 들리는 듯하다.

맛있는 차를 즐길 수 있는 더없이 평범한

이 시간에 감사하는 아침이다.

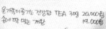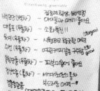

# 천천히 하루를
## 시작하는 시간

언젠가부터 SNS나 신문 기사, 책 제목에 '모닝 루틴'이나 '미라클 모닝'이라는 단어가 종종 등장하곤 했다. 사회적으로 성공했다는 사람들의 미라클 모닝을 따라 하기 위한 책도 나오고, SNS 속 모닝 루틴을 인증하는 사진들도 점점 더 많이 보인다. 마치 마법의 단어처럼 느껴지는 모닝 루틴. 이 단어가 사람들 입에 자주

오르내리기 전부터 나는 매일 아침 조용히 나만의 모닝 루틴을 실천해오고 있었다.

사실 난 결혼 전에는 올빼미과였다. 영상번역을 하다 보니 매일 마감에 시달렸고 밤을 새우고 일하는 경우가 허다했다. 결혼하여 아이를 낳고, 가정을 꾸리면서 아침형 인간이 되었으니 햇수로 15년째인가 보다. 독박 육아이다 보니 아이들이 어릴 때는 모든 흐름을 아이들에게 맞추었는데, 다행히도 특별한 불만 없이 그 생활에 맞춰가며 살았던 것 같다. 선택적 독박 육아라고나 할까. 나에게 육아란 결코 포기할 수 없는 부분이었고 그것에 나의 시간을 할애한 건 지금 돌이켜봐도 가장 잘한 일 중 하나이다.

관계란 것은 시간을 들인 만큼 쌓여가기 마련이다. 사회생활에서도 그렇지만 가족 관계에서도 마찬가지이다. 살아가면서 가장 쉽게 간과할 수 있는 부분이 가족에게 들이는 시간이다. 너무 익숙하고 너무 가까우니까. 그럼에도 사랑은 들인 시간에 비례한다고 생각한다. 스마트폰을 잠시 내려두고, 서로 눈을 마주치며 이야기하고 마음을 나누는 그런 관계를 위한 시간 말이다. 아이들과의 관계를 그 무엇보다 우선순위에 두었던 나는 지금도 아이들과 함께하는 시간이 가장 소중하다.

그렇기에 아이들이 학교에 가는 나이가 된 후로는 일어나는 시간이 더 빨라졌다. 아기에서 어린이가 된 아이들 덕분에 신체적으로도 편해진 부분은 있었지만, 여전히 엄마로서 해야 할 일은 많았으므로 오롯이 나에게 집중할 수 있는 시간을 만들고 싶었다. 기상 시간은 새벽 5시. 조용한 새벽의 서늘한 기운도, 모든 고요함이 가라앉은 적막함도, 온 세상이 나에게로 쏠린 듯한 기분 좋은 고독함도 모든 게 완벽한 시간이다. 느릿느릿 천천히 하지만 꾸준히 나의 아침을 시작한다.

아침에 눈을 뜨면 제일 먼저 '아유르베다'에서 추천하는 오일 풀링과 양치를 하고 따뜻한 물 한 잔을 마신다. 사부작사부작 집에서 가장 낙낙한 공간에 요가 매트를 깔고 혼자 조용히 요가를 즐긴다. 7시가 되면 FM 라디오 93.1, 〈출발 FM과 함께〉를 틀어 익숙한 이재후 아나운서의 목소리와 선곡을 들으며 아이들을 깨운다. 우

리 집 아침 식사는 간단하다. 건강한 호밀빵이나 느릿하게 만드는 사워도우빵(통밀 천연 발효빵), 혹은 무반죽으로 발효시켜 만드는 통밀빵, 흑임자 인절미나 현미 누룽지, 된장국이나 야채수프와 같은 계절에 맞는 간단한 음식과 제철 과일을 곁들여 차 한 잔을 따뜻하게 우려낸다.

그날의 기분에 따라 혹은 아이들의 선택에 따라 차 종류는 무궁무진하게 달라진다. 제법 자주 마시는 차 중에 하나가 '야생 백차'인데 특히 아들이 무척 좋아한다. 야생 백차는 중국 푸젠성 지역에서 만들어지는 백차로 야생차 나무에서 채엽하여 만들어 향미가 독특하다. 재배형이 아닌 야생형이다 보니 가격도 조금 더 비싸다. 비싸다는 건 늘 좋다는 뜻이 될 수는 없지만 어떤 의미로는 더 귀하고 드물다는 뜻이기도 하다.

야생 백차를 우려내는 날이면 아들은 내가 제일 좋아하는 차가 나왔다며 호들갑을 떤다. 14년째 함께 차 생활을 해온 아들은 둘째이다 보니 넉살도 좋고 장난기도 가득하다. 하지만 차를 마실 때만큼은 언제나 조신하고 진지하다. 차를 제법 즐길 줄 아는 모습을 보며 놀라는 사람들도 많다.

아들은 몸에 열이 많아서 녹차와 백차를 좋아하는 편이다. 신기하게도 어른들보다 몸과 마음이 순수한 아이들은 자신의 몸에 맞는 음식이나 차를 잘 알아챈다. 입은 좋아하지만 몸은 좋아하지 않는 음식들이 널린 세상이다 보니, 어느 것을 취사선택할지 늘 주의를 기울여야 하는 어른과는 다른 듯하다. 아이들과 차를 마실 때도 체질이나 특성을 고려해서 함께 마시면 장기적으로 차 생활을 할 때 훨씬 더 건강하고 이롭게 즐길 수 있다.

아이들이 등교하고 나면 나의 모닝 루틴이 마무리된다. 아이들과 함께한 흔적을 정리하고 티 클래스를 하기 위해 일상찻집 티 스튜디오로 나갈 준비를 한다. 매일 아침 같은 일을 반복하는 루틴은 참 신기하게도 매일 먹는 밥처럼 결코 질리거나 지치는 일이 없다. 몸과 마음이 미리 그 행위를 준비하고 받아들이는 만큼 물 흐르듯 자연스럽게 모든 아침 일상이 흘러간다.

3년을 반복하면 습관이 되고, 3년을 더 반복하면 인생이 된다고 했다. 6년의 시간을 함께한 나의 모닝 루틴은 이제 내 인생의 일부가 되었는지도 모르겠다. 그리고 나의 모닝 루틴, 나의 인생에는 언제나처럼 아이들과 함께하는 차 생활이 존재한다. 차 한 잔의 온기로 시작하는 아침은 언제나 따스하다.

。

## 건강을 누릴 수 있는
## 작은 모닝 루틴

### 1. 오일 풀링

자고 일어나면 가장 먼저 입안을 깨끗하게 하는 것이 필요하다.
'아유르베다'에서는 밤새 입안에 쌓인 유해 박테리아와 독소를 빼
낼 수 있는 가장 좋은 방법으로 오일 풀링을 제안하는데, 일어나마
자 양치를 해야 한다는 이야기와 일맥상통한다. 저온 압착한 세사
미 오일(우리가 사용하는 참기름과는 다르다) 혹은 코코넛 오일, 올리
브 오일을 한 스푼 가득 입에 머금고 5~15분간 구석구석을 헹궈
낸 후 오일을 뱉어내는 과정이다. 잇몸과 치아 건강에 특히 도움을
준다고 알려져 있다. 오일 풀링 후에는 미지근한 물로 입을 헹구고
양치를 하면 된다.

### 2. 음양탕 마시기

밤새 물 공급이 되지 않은 몸에 미지근한 수분을 공급한다. 《동의
보감》에서 생숙탕이라고도 소개하고 있는 음양탕은 컵에 뜨거운
물을 반 정도 붓고 그 위에 찬물을 부어 마시는 것이다. 대류현상
에 의해 뜨거운 물과 찬물이 섞여 물의 활성도를 최대로 만들어낸
다고 한다. 음양의 조화가 이루어지는 물을 마심으로써 우리 몸의

순환을 끌어낸다. 실제로 주변에 장이 좋지 않은 분들이 음양탕을 통해서 효과를 본 경우가 종종 있었다.

음양탕이 익숙해지면 신선한 레몬즙을 조금씩 넣어 함께 마시는 걸 추천한다. 아유르베다에서 말하는 따뜻한 레몬물은 면역력을 상승시키고 소화력을 도우며 피부에도 좋다. 무엇보다 몸 안에 들어갔을 때 알칼리로 변해 신체의 pH균형을 맞추어준다.

3. 감사 일기 쓰기

아침에 일어나 요가와 호흡, 명상을 마치고 나면 하루의 계획을 세우고 감사 일기를 쓴다. 이 모든 것이 힘들다면 감사 일기부터 시작해 보자. 어제 있었던 일도 좋고, 지금 느끼는 감정도 좋다. 잠을 푹 잘 수 있어 감사한다, 아침에 건강히 눈을 떠서 감사한다, 평소와 같은 아침을 시작해서 감사한다, 비가 와서 감사한다… 소소하지만 생각해보면 결코 소소하지 않은 평범한 일상. 감사하는 작은 마음으로 시작하는 하루는 더없이 충만하다.

요 가 를

　　하 시 나 요 ?

　　　　인도로 떠난 6년 전에 비해 지금은 '요가'를
인식하는 태도가 많이 달라졌다. 예전에는 요가를 단순
히 운동으로만 여기는 시선이 많았다면 지금은 요가 자
체를 조금 더 진지하고 깊이 있게 받아들인다. 다양한 분
야를 포함하는 전체적인 형태로 공부하고자 하는 사람들
이 많아졌달까.

인도를 갔던 첫해에 1년간 꼬박 요가 지도자 과정 Teacher Training Course을 배우면서, 요가가 이렇게 방대한 학문이었다는 것을 깨닫고 깜짝 놀랐다. 요가 지도자 과정에서 다루는 과목 수만 12개였다. 우리가 흔히 운동처럼 배우는 아사나와 호흡을 아우르는 프라나야마뿐만 아니라 철학이나 해부학, 역사, 아유르베다, 만트라 등이 포함되어 있었다.

그런데 이제 한국에서도 요가의 본질을 이해하려는 움직임이 꽤 활발하게 일어나고 있다. 인류 문명과 함께 탄생했다고 주장하는 요가이다 보니 그 역사는 어마어마하다. 그 안에 담긴 내용은 또 어떠하겠나. 개인적으로 이러한 정신적이고 깊이 있는 요가 생활을 통해 스스로 큰 변화를 경험하고 느꼈던 터라, 요가를 더 잘 이해하고 싶어 하는 사람들이 많아진다는 것은 긍정적이고 건강한 변화라고 생각한다.

실제로 요가가 포괄하고 있는 신체적인 운동과 호흡, 명상을 몇 년간 반복하면서 내가 느낀 가장 놀라운 변화는 감정의 기복이 확연히 줄어들었다는 점이다. 특히 화,

우울, 번뇌, 고독과 같은 부정적인 감정들을 다스릴 줄 알게 되었다고나 할까. 매일 반복되는 몸과 마음의 수련을 통해 몸이 건강하니 마음이 건강해지고, 마음이 건강해지니 몸도 건강해지는 선순환을 체득할 수 있었다. 무엇보다도 나 자신을 돌보고 스스로에게 집중하는 시간이 삶의 큰 자양분이 되어준다는 것을 다시 한번 깨달았다. 차를 통해, 요가를 통해, 그렇게 나의 삶이 조금씩 더 단단해지고 있는 듯하다.

호흡을 통해 내 몸의 한계를 이겨내면 자연스레 온몸에 열기가 순환되면서 땀으로 흠뻑 젖는다. 그 후 다시 호흡을 통해 열기를 가라앉히는 일련의 모든 과정은 그 무엇과도 비할 수 없는 큰 즐거움이다. 신체를 움직이는 아사나와 호흡을 통해 명상에 이를 수 있는 프라나야마, 이 두 가지의 조합을 완전히 흡수하고 난 아침은 무척 상쾌하다. 너무 길지도 짧지도 않은 요가를 하고 나면 이미 온몸에서는 땀방울이 떨어진다. 필요했던 온기가 가득한 시간. 그럼 자리에 앉아 프라나야마 호흡을 하며 명상에 빠진다. 호흡과 명상에 빠져드는 동안 서서히 온몸의 땀

이 식어간다. 온몸의 털 하나하나까지 감각이 살아 있는 기분을 느낀다.

이렇게 요가를 수행하는 이들을 '요기', 혹은 여자들은 '요기니'라는 말로 부른다. 요가에 진지하게 임하는 요기들을 위해 추천해주고 싶은 티 브랜드가 하나 있다. 바로 그 요기에서 이름을 따온 '요기 티Yogi tea'라는 미국 브랜드이다. 흥미롭게도 미국은 가수 비틀스The Beatles를 통해 요가를 적극적으로 받아들이기 시작한 나라이다. 인도에서도 요가의 고향이라고 불리는 리쉬케시라는 북인도에 가면 그곳을 들렀던 비틀스의 흔적을 쉽게 찾아볼 수 있다. 요기 티는 '쿤달리니 요가' 학파의 요기 바잔이라는 사람이 1984년에 만든 브랜드이다. 인도 고대 의학인 아유르베다에 기반하여 만들어진 차로 대부분이 허브차 블렌딩blending이지만 녹차나 홍차 베이스의 차들도 있다.

브랜드 홍차를 한창 즐기던 14여 년 전, 처음 요기 티를 접했을 때는 살짝 충격적이었다. 그때까지 접해왔던 허브차와는 전혀 다른 느낌이었기 때문이다. 그도 그럴 것이 인도 고대 의학을 바탕으로 만들어진 데다 효능을 생각하고 만들어진 차들이 대부분이라 우리가 흔히 알고 있는 허브의 블렌딩이 아니었다. 익숙하지 않은 독특한 향기를 지닌 차들이 많았다.

그럼에도 나는 요기 티를 참 좋아했다. 지금처럼 직구가 활발하게 이루어지던 시절이 아니다 보니 자주 구하기는 힘들었지만, 어쩌다 요기 티가 손에 들어오면 굉장히 기뻐했던 기억이 난다. 요즘은 꽤 쉽게 요기 티를 구할 수 있어 좋다. 차를 상비약처럼 사용하다 보니 가끔 목이 칼칼하거나 평소보다 피곤하거나 혹은 소화가 안 되거나 할 때면 그에 맞는 차를 찾아 한 잔씩 마시곤 한다.

요기 티와 비슷하지만 훨씬 더 편안하고 친근하게 받아들여지는 브랜드로는 '푸카Pukka'가 있다. 영국 브랜드이지만 역시나 인도 아유르베다를 기본으로 하는 만큼 허브를 활용한 여러 가지 실용적인 블렌딩 티를 선보이고 있다. 인도에 있는 동안 쉽게 구매할 수 있어서 꽤 자주 마시던 차이기도 하다. 요즘은 한국에도 정식 수입이 되어 쉽게 구할 수 있으니 이보다 더 좋을 수가 없다. 마음의 안정을 위한 차, 숙면을 위한 차, 소화에 좋은 차 등 기능별 블렌딩 허브차이다 보니 남녀노소 누구나 부담 없이 즐길 수가 있다.

가벼운 운동이든 혹은 조금 더 깊이 있는 학문으로든 요가를 하시는 분들이라면 푸카 티나 요기 티를 추천한다. 아유르베다를 베이스로 하여 요가를 수행하는 이들을 위해 만들어진 브랜드인 만큼 이처럼 요기들에게 잘 맞는 차도 없을 듯하다. 열기로 가득해진 몸에 뜨거운 아유르베다 티 한 잔을 흘려 들여보내고 서서히 땀을 식힌다. 40도 가까이 되는 뜨거운 공기가 가득한 루프 탑에서 저 멀리 파도치는 바다를 바라보며, 지저귀는 새들을 벗 삼아 요가를 한 후 마시던 짜이 한 잔이 떠오른다. 요기 티를 마시며 그렇게 요기가 되어본다.

# 아 침  식 사 는
## 간 단 하 게


건강한 밥상에 관한 공부를 꾸준히 했다. 우연히 매크로바이오틱(동양의 자연사상과 음양원리에 뿌리를 두고 있는 식생활법을 뜻한다)을 접하고 일물전체, 신토불이, 음양조화라는 세 가지 철학을 알게 되면서 감탄했던 기억이 난다. 생명의 밥상이라고도 일컫는 매크로바이오틱의 철학을 그 이후로도 꾸준히 우리 집 테이블 위에 적용하곤 했다. 채소를 먹을 때도 버리는 것 없이 통째로 먹으려고 애썼고 제철 음식과 우리 땅에서 난 음식을 먹으려고 노력했다. 그런 이야기들이 전혀 낯설지만은 않았던 것은 아마도 어린 시절부터 엄마에게서 물려받은 습관 때문일 것이다. 집밥을 늘 소홀히 하지 않는 것은, 그것이 우리 가족의 평생 건강을 위한 자양분이 되어준다는 것을 잘 알기 때문이다.

인도에서 배웠던 아유르베다와 한국에 돌아와 배운 매크로바이오틱과 같은 동양 학문에서는 아침을 간단히 먹기를 권한다. 아침에는 소화력이 떨어져 있는 상태라 유동식이라든지 소화가 용이한 음식을 적게 먹는 것이 좋다. 아침을 많이 먹어야 뇌가 잘 활동한다는 현대 의학과는 상충되는 부분도 있지만, 동양학이 추구하는 바를 믿고 그것을 기반으로 평생을 살아온지라 내 몸이 받아들이는대로 아침은 간단하게 먹는 편이다.

사실 간단한 아침이라는 것도 참 쉽지 않다. 남인도에 거주할 때는 워낙 과일이 풍부했고, 사계절 내내 아침 기온이 30도 전후를 기록하던 곳이다 보니 과일 플래터가 최고의 아침 식사였다. 하지만 한국에서는 계절마다 날씨가 달라지고 추운 계절이 있어 아무리 제철 과일이라고 해도 과일만 주구장창 먹는 것은 맞지 않는다. 그래서 보통 현미 누룽지를 끓여서 먹거나, 건강하게 만든 떡을 찾아 먹거나, 르뱅을 이용한 천연 발효빵 혹은 이스트가 들어가더라도 천천히 발효한 빵에 제철 과일을 조금 곁들여 먹는 편이다.

떡이나 빵을 먹을 때는 간단하게 차를 한 잔 곁들이곤 한다. 보통은 아이들과 먹기 때문에 질 좋은 중국차를 꺼내는 일이 잦지만, 가끔은 내 취향대로 홍차를 한 잔 우려낸다. 작은 개완에 여러 번 우려내야 하는 과정 없이 큰 티포트에 가득 한 번만 우려내면 되기 때문에 편리하다. 케냐 홍차와 같은 제3세계의 홍차를 좋아하는 나의 취향 때문이기도 하다.

우리가 흔히 말하는 '홍차'를 가장 먼저 생산한 지역은 당연히 중국이고 그다음은 인도, 스리랑카이다. 이렇게 전통적으로 차 밭을 일구어낸 지역들 외에도 요즘은 중남미라든지 아프리카, 동남아시아(일부는 오래전부터 차를 생산했다), 호주, 심지어 영국에서도 소량의 차가 만들어진다. 와인이 프랑스에서 시작되어 제3세계의 와인으로 대중화가 되었듯이 차도 마찬가지인 셈이다. 지금은 커피 벨트와 거의 일치한다고 볼 수 있을 만큼 차를 생산하는 나라들이 다양해졌다.

차를 우려내는 3분. 사르르 조용히 모래시계가 떨어지는 소리를 들으며 말린 찻잎이 피어나고 찻물이 점점 붉게 물들어간다. 그 과정을 들여다보는 시간은 아이들이 어릴 때부터 나홀로 누리던 힐링 타임이었다. 지금은 차가 우러나는 동안 테이블 옆자리를 차지하고 앉은 아이들이, 아침에 읽을 책을 한 권씩 손에 들고 사락사락 책장을 넘기는 모습을 눈에 담으며 엄마 미소를 가득 짓는다.

케냐 홍차는 브랙퍼스트 티라든지 다양한 블렌디드 티를 만드는데 섞여서 사용되는 경우가 많지만 그 자체만으로도 충분히 매력적이다. 낮게 깔리는 장미향과 새콤한 체리향에 묵직한 나무 향기와 흙내음… 물론 같은 케냐 홍차라고 해도 테이스팅 노트는 크게 달라질 수 있다.

차를 오래 공부하고 마시면서 느낀 점은 차에 대해서 '편견'을 가지면 안 된다는 점이다. 세상은 넓고 차는 많기에 내가 마신 케냐 홍차는 누군가가 마신 케냐 홍차와 전혀 다른 느낌일 수도 있다. 차를 생산하는 다원도 많고 등급과 종류 또한 너무나 다양해서 같은 이름이라고 해도 서로 다른 느낌을 주는 차들이 많다. 이를 인지하고 받아들이는 순간 더 많은 차를 열린 마음으로 즐길 수 있게 된다.

좋아하는 케냐 홍차를 마실 때는 특히 아끼는 빈티지 수지쿠퍼 스낵 세트를 꺼낸다. 간단한 스낵이나 음식을 담을 수 있는 플레이트에 찻잔을 놓을 수 있는 공간이 곁들여진 스낵 세트는 19세기 후반 유럽에서 만들어지기 시작했다. 소서(찻잔 받침)가 없는 대신 플레이트 한쪽에 잔을 놓을 수 있게 홈이 파여 있어, 간단한 아침 식사를 담고 차를 우리면 우아한 브랙퍼스트 티 세트가 완성된다.

좋아하는 차와 좋아하는 그릇, 그리고 그 무엇보다도 소중한 아이들과 함께 시작하는 나의 아침은 늘 빛난다.

햇살 맛집인 우리 집 거실 테이블에 앉아 어둑어둑한 새벽 테이블 위에 햇살이 길게 드리워질 때까지 함께 차를 즐긴다. 찻잔이 깨질까, 차가 뜨거울까, 테이블 위에서는 늘 조심해야 했던 아이들의 어린 시절이 모두 지나고 이제는 제법 의젓하게 차를 즐기는 중학생, 초등학생 고학년의 남매가 되었다. 좋아하는 찻잔도 아낌없이 꺼내고 좋아하는 차도 마음껏 함께 슬길 수 있는 지금 이 아침이 나는 참 좋다.

브랜드에서 나오는 차의 종류는 정말 다양하지만
그중에서도 홍차를 우리는 방법은 찻잎의 크기에
따라 조금씩 달라진다. 또한 브랜드별로 추구하는
레시피가 있다 보니 물의 온도를 포함한 기본적인
레시피는 브랜드에서 제안하는 것을 우선으로 참
고하는 것이 좋다. 홍차는 100도에 우리는 것이 일
반적이지만 프랑스 브랜드의 차들은 85~90도 정
도의 온도를 권하기도 한다. 그리고 무엇보다 중요
한 것은 차를 즐기는 본인의 취향이다. 기본적인
레시피는 아래를 참고하되 차를 진하게 즐기고 싶
은 사람은 찻잎의 양과 우리는 시간을 늘리고, 차
를 연하게 즐기고 싶은 사람은 물의 양을 늘리거나
우리는 시간을 줄이면 된다.

1. 호울 리프Whole leaf: 자르지 않은 온전한 찻잎

   3g/ 300ml / 4~5분

2. 브로큰Broken: 2~3mm로 잘려 있는 찻잎

   3g/ 300ml / 3분

3. 패닝스/더스트/ctc: 가루 형태나 돌돌 말려 있는
   형태의 찻잎

   2g / 300ml / 1~2분

차만 깔끔하게 마실 때는(이를 스트레이트 티로 마신다고 표현한다) 이와 같이 우려 마시면 되지만, 밀크티로 마실 때는 조금 더 진하고 길게 우려도 좋다.

1. 티포트를 예열한다. 거름망이 달려 있는 '킨토'를 추천한다. 또 하나의 티포트나 계량컵을 준비해 함께 예열하고 찻잔도 예열한다.

2. 1번 티포트에 찻잎을 넣고 물을 부어 우려낸다.

3. 2번에서 우려낸 차를 다른 티포트에 옮겨 담는다.(농도를 똑같이 해주고 차가 적당량 이상으로 우러나는 것을 막기 위함이다)

4. 적당히 우려진 차를 찻잔에 따라 마신다.

작 은 것 에
　　감 사 하 는 마 음

　　　　매사에 감사하는 마음으로 사 는 것은 생각
보다 훨씬 더 괜찮은 일이다. 간단한 식사에 차 한 잔을
곁들이는 매일 아침, 나와 아이들은 원형 테이블에 옹기
종기 모여 앉아 이야기를 나누거나 책을 읽거나 혹은 그
날 필요한 과제를 한다. 대략 한 시간에서 한 시간 반 남
짓한 아침 시간을 차와 함께 테이블 위에서 보내는 것 같

다. 찻자리를 가지며 아이들과 함께하는 마지막 모닝 루틴은 바로 감사 일기이다.

이 시간이 되면 큰아이도 작은아이도 다소 진지한 눈빛으로 차를 홀짝이며 각자 감사한 일들을 한두 가지씩 이야기한다. 나는 오늘의 일기장에 아이들의 기록을 받아 적고 엄마로서 감사한 일들을 더해 적는다. 어제 감사했던 것도 좋고 지금 이 순간 감사하는 것도 좋다. 감사 일기라고 해서 거창할 필요는 없다. '오늘 축구 수업이 있어서 감사해요' 같은 단순한 이유도 좋다. '우리 가족이 무탈하게 하루를 시작해서 감사해요' 같은 평범한 듯 귀한 감사도 좋다. 감사하는 마음을 갖는 것만으로도 가슴이 벅차오르고 하루가 풍요로워진다.

우리가 살아가는 이 세상의 소소한 것 하나하나에 감사를 더하면 모든 것이 의미 있는 것으로 변한다. 아이들은 슬픈 뉴스를 보거나 마음 아픈 기사를 읽은 날은 평범한 하루에 특히 더 감사하는 마음을 갖는다. 슬픈 일을 당한 사람들을 위해 그림을 그리거나 헌정 시를 쓰기도 한다. 아이들이 작은 입술을 오물거리며 생각지도 못한 일에 감사하는 마음을 내뱉으면 그 말 한마디에 나 역시 배우고 성장한다. 매일 감사하는 마음으로 하루를 시작하는 것은 삶을 더 빛나게 해주는 원동력이 된다.

러시아의 감성을 가득 담고 있는 프랑스 브랜드 '쿠스미'의 자회사에서 나온 러브 오가닉이라는 차가 있다. 귀여운 새 그림이 그려져 있어 마치 아름다운 새소리가 들릴 것만 같은 패키지다. 오가닉차인 만큼 맛 또한 순수하고 담백하다. 디톡스차라든지, 다양한 종류의 루이보스차가 있어서 아이들과 함께 아침을 열기에 더없이 좋은 차이다. (매일 변함없이 새로운 아침이 시작됨에 감사한다. 아침을 시작하기에 좋은 차들이 이렇게 줄지어 서 있으니 하루가 다르게 서로 다른 다양한 차를 즐길 수 있으니까!)

인도에서는 아침마다 새들이 지저귀는 소리에 잠을 깨곤 했다. 마치 열대 우림에 들어와 있는 듯, 이름도 모르고 생김새도 다양한 수많은 종류의 새들이 동시에 울어댄다. 그 소리에 자연스레 눈을 뜰 수 있어 좋았고 알람 소리가 아닌 자연의 소리를 풍부하게 들을 수 있음에 감사했다.

모든 것은 받아들이기 나름이다. 똑같은 상황이라도 마음먹기에 따라 어떤 시선으로 보느냐에 따라 즐거울 수도 있고 그렇지 않을 수도 있을 것이다. 러브오가닉의 새 그림을 볼 때마다 인도에서 새 소리를 들으며 가졌던 그 마음을 떠올린다. 비록 세상사 모든 것이 내 뜻대로 되지 않더라도 작은 것에 감사하는 마음은 잊지 말자고 다짐해 본다. 우려낸 차가 담긴 찻잔 속에서 새들이 지저귀는 소리가 들리는 듯하다. 맛있는 차를 즐길 수 있는 더없이 평범한 이 시간에 감사하는 아침이다.

# 향을 피우는
## 아침

　　　　　아롱아롱 피어오르는 하얀색 연기가 좋다.
산들산들 신선한 아침 공기에 따라 흔들리며 퍼지는 은
은한 향을 좋아한다. 대학 시절이나 사회생활을 하던 시
절에는 기분 전환을 위한 작은 사치처럼 향수를 좋아했
다. 아마도 향수 자체를 좋아했다기보다는 나를 특별하
게 만들어주는 듯한 그 향기를 좋아했던 것 같다. 지금은

향수를 썩 좋아하는 편은 아니다. 대신 뜨거운 차를 마시려 찻잔에 입술을 갖다 대기 전부터 코를 간지럽히는 차향이라든가, 샴푸바에 들어간 시원하지만 결코 진하지 않은 민트향, 과하지 않은 자연의 향이 블렌딩된 소박한 인도의 고체 향수, 봄날의 산책길 바람에 실려오는 꽃향기를 좋아한다.

향, 즉 인센스incense에 처음으로 관심을 갖게된 건 인도에서였다. 향이 일상화가 되어 있는 나라이다 보니 집 안에서든 길거리에서든 학교에서든 곳곳에서 향내음을 맡는 일이 잦아졌고, 어디를 가도 다양한 종류의 향을 쉽게 만날 수 있었다. 차와 향, 혹은 불교와 향의 접합점 정도로만 향을 만날 수 있었던 우리나라와는 사뭇 다른 모습이었다. 그렇게 호기심에 하나둘 다양한 종류의 향을 사기 시작하다가 어느새 향 마니아가 되고 말았다.

향을 전문적으로 공부한 것은 아니지만 질 좋은 향에서만 느낄 수 있는 잔잔함과 자연스러움을 좋아하기 시작했다. 흔히 볼 수 있는 길쭉한 모양의 죽향과 선향부터 콘 모양이라든지 다양한 자연의 모양을 닮은 향도 찾

아 피웠다. 그날그날의 기분에 따라 향을 달리하여 피우는 것을 즐기며 좋은 재료를 사용한 인센스에서는 어떤 향기를 찾을 수 있는지도 깨닫게 되었다. 인도에서 돌아왔더니 이제 우리나라에서도 어렵지 않게 다양한 향기의 인센스와 향을 꽂아 피울 수 있는 향꽂이를 여러 형태로 만날 수 있었다. 더 이상 향은 종교적인 무언가가 아닌, 일상 속에서 누릴 수 있는 작은 힐링의 시간으로 자리 잡은 듯했다.

매일은 아니지만 향이 생각나는 아침이 있다. 요가를 마치고 잠시 프라나야마 호흡의 시간을 갖는 동안 왠지 향의 기운을 빌리고 싶어지면 창문을 열고 향을 피운다. 아침에는 샌달우드나 장미향을 피우곤 한다. 향이 타들어가는 동안 요가 매트 위에 앉아 명상의 시간에 빠져든다. 향의 길이가 짧아짐에 따라 나의 호흡은 점점 더 잠잠해지고, 느려지고, 깊어진다. 보이지 않는 향의 본질이 호흡을 통해 들어와 나의 정신을 깨워준다. 내 안에 한참 머물던 향은 다시 호흡을 통해 세상 밖으로 나간다.

때로는 요가를 모두 마치고 찻물을 끓이면서 향을

피운다. 향을 사르는 소리와 차를 우려내는 소리가 고요한 아침 시간을 채운다. 진한 차보다는 백모단이나 수미, 공미와 같은 잔잔하고 포근하고 섬세한 백차를 우린다. 향기가 참 좋은 1년 된 백차를 우릴 때도 있고 깊이감이 더해진 8년 된 백차를 우릴 때도 있다. 중국에서 백차는 1년이면 차茶, 3년이면 약藥, 5년이면 보배라는 말이 있을 정도로 오랜 세월 잘 보관된 백차를 귀하게 생각한다. 백차의 포장지를 보면 '월진월향'이라고 적혀 있는 경우가 많은데, 세월이 갈수록 향이 더해진다는 뜻이다. 실제로 꼭 보이차뿐만 아니라 많은 중국차들이 오래 보관하면서 익어가는 풍미를 즐길 수 있다. 세월이 지날수록 향이 더해진다는 말은 늘 마음 깊이 와닿는다. 한 잔의 차를 통해 배우는 인생 철학이라고나 할까. 나도 차처럼 매일 조금씩 익어가는 사람이 되었으면 좋겠다는 생각을 해본다.

중국에서 백차는 실제로 약용 효과가 있다고 알려져 있다. 나 또한 백차를 상비약처럼 구비해 두고 필요할 때마다 진하게 우려서 마시기도 한다. 양약을 잘 찾지 않는

사람들에게는 차를 마시는 일이 민간요법처럼 평소에 몸을 다스릴 수 있는 좋은 방법 중 하나이다. 약은 아니지만 개인의 기능과 효능에 맞게 평소 컨디션 관리를 할 수 있도록 도와주는 좋은 도구가 된다.

넉넉한 유리 티포트에 수미를 5g 정도 넣고 물을 부어 워머warmer에 올려둔다. 우려낸 차를 워머에 올리면 미미할지라도 향이 쉬이 날아가기는 하지만 오랜 시간 차를 찬찬히 즐길 때는 따뜻함을 유지하기 위해 그렇게 한다. 또 어떤 차는 워머에 올려두고 서서히 열을 가했을 때 더욱 깊고 달콤한 맛을 드러낼 때가 있다. 초콜릿이나 바닐라나 꿀과 같은 단맛이 아닌 뭉근한 대추차와 같은 그런 단맛 말이다.

나에게 더없이 고마운 중국차 스승님이자 오랜 시간 차 생활을 함께한 동생이 있다. 그녀로부터 중국차를 제대로 즐길 수 있는 방법을 배웠는데, 향을 피우며 백차를 천천히 우려내는 이 시간이 오면 꼭 그 동생이 떠오른다. 연꽃 모양의 향꽂이를 선물했던 기억과 우리가 공유하고 있는 추억들을 떠올리다 보면 나는 어느새 향과 어우러져 있고 차는 적당히 우러나 마실 준비가 되어 있다.

차를 담아낸 찻잔을 서서히 입으로 가져오면 향과 뒤섞인 차향이 머릿속 깊은 곳으로 흘러들어 온다. 나도 모르게 깊게 숨을 들이쉬고 내쉬며 자연의 향을 즐긴다. 입안에서 목을 통해 뜨거운 차가 굴러들어 가고, 코를 통해하얀 연기로 춤을 추며 들어오는 향이 어우러진다. 온몸이 이완되고 단전이 뜨거워짐을 느낀다. 향과 차가 뒤섞이는 이 시간이 참 좋다. 스르르 눈이 감긴다. 온몸은 이완되지만 향과 차로 정신은 맑게 깨어남을 느낀다. 향을하나 사르고, 차를 몇 잔 비워내면 놀라울 정도로 머리가가볍고 맑다. 백차의 잔향이 입안에 남고 향의 잔향이 머릿속에 남는다. 자연의 향기와 더불어 살아가는 것은 참으로 풍요로운 일이다.

。

## 간편 차도구
## 표일배

차를 처음 접하는 사람들이 가장 어려워하는 것 중의 하나가 바로 차도구이다. 언제 어디서나 간편하게 사용할 수 있는 차도구 '표일배'를 소개한다. 찻잎을 넣고 물을 부은 후, 단추를 누르면 우러난 물이 아래로 내려와 손쉽게 차를 마실 수 있다.

1. 사마도요 표일배

   젖병 소재로 만들어 안전하고 가벼운 표일배. 가격도 저렴하고 일상생활에서 큰 무리 없이 사용 가능하다.

2. 마이티룸 표일배

   젖병 소재도 불안한 이들에게 추천하는 유리 표일배. 유리와 스테인리스로 되어 있어 이보다 안전할 수는 없다. 가격이 좀 있는 편이지만 나와 가족의 건강을 위해 집에 하나 정도는 구비해둘 만하다.

번역,

그리고 차 한 잔

생각지도 못한 바이러스가 찾아오면서 많은 것들이 변했다. 사태가 점점 길어지다 보니 일상이 전체적으로 늘어지는 느낌이 들기 시작했다. 마음을 다잡고 이런저런 일과 집에서 할 수 있는 일을 새로이 시작했다. 학교에 등록해서 평소에 배우고 싶었던 공부도 하고, 김미경의 유튜브 대학 〈MKYU〉도 시작하며 나의 삶을 다시 한번 정리하는 시간을 가졌다. 매일 독서 시간을 정해 하루도 빠짐없이 책을 읽고, 외국어 공부도 다시 시작하는 등 매일의 루틴을 조금 더 탄탄하게 잡았다.

그중의 하나가 책을 번역하는 일이었는데 기회가 닿으면 꼭 번역하고 싶은 책이 두 권 있었다. 차와 관련된 책과 아유르베다와 관련된 책으로 무작정 번역을 해보기로 했다. 벌써 10여 년 전의 일이긴 하지만 10년이 넘도록 영상번역에 몸담았던 시절이 있다. 하지만 출판 번역은 시도해본 적이 없었고, 문서 번역이라고는 기술 번역이나 아르바이트로 하던 서류 번역들뿐이라 일단 한번 해보자는 마음이었다. 출판이 안 되더라도 나와 학생들을 위한 참고 자료로 활용하면 좋을 것 같다는 생각이었다.

10년이 지난 지금, 다시 번역을 시작하는 즐거움이 쏠쏠하다. 물론 그때는 영상번역이라 늘 이어폰을 귀에 꽂고 있어야 했지만 말이다. 낮에는 아이가 낮잠을 자는 시간에 겨우 짬을 내어 번역을 했고 보통은 올빼미처럼 늦은 밤에 시작해 밤새 일을 끝마치곤 했었다. 지금은 이른 아침에 일어나 모닝 루틴을 마치고 차를 한 잔 우려내어 테이블에 앉는다. 아이들이 줌으로 수업을 하거나 등교를 하면 조용한 나만의 아침 시간이 주어지므로 번역에 몰입하기에 더없이 좋다.

이때는 프랑스 브랜드의 아침차들을 주로 찾는다. 프랑스 브랜드의 차들은 언제나 그렇듯 낭만적이고 감성적이다. 차에 대한 설명이라든지 흔히 애티튜드Attitude라고 하는 태도, 그리고 블렌딩과 향기까지도 말이다. 밀크티를 주로 즐기는 영국의 아침차와는 또 다른 느낌이다. 좋아하는 프랑스 브랜드인 '떼오도르'의 파리지앵 브랙퍼스트라든가 '마리아쥬 프레르'의 프렌치 브랙퍼스트, 혹은 파리 브랙퍼스트 티는 이런 날의 아침 시간을 위해 늘 구비해 두는 편이다.

프랑스의 아침차라고 하면 가장 먼저 떠오르는 마니아쥬 프레르의 프렌치 브랙퍼스트는 오래전부터 꾸준히 즐겨오던 아침차이다. 섬세한 초콜릿 향기가 달콤하게 퍼지는 이 차를 한 모금 마시면 그야말로 파리의 거리가 떠오른다. 파리지앵 브랙퍼스트는 질 좋은 중국 홍차로

만들어 부드럽고 품격 있는 한 잔의 차를 선사한다. 프렌치 브랙퍼스트보다는 조금 더 동양스러운 느낌이 들어 파리의 볕 좋은 날 에펠 타워가 선명하게 보이는 노천카페에 앉아 있던 날을 떠올리게 된다.

조금 특별한 아침차를 선택할 때는 새콤달콤한 시트러스의 향기와 부드럽고 달콤한 바닐라 향기가 화사하게 느껴지는 마리아쥬 프레르의 파리 브랙퍼스트를 선택한다. 물이 끓는 소리와 함께 티포트를 예열하고 그날의 찻잎을 덜어내어 피어오르는 향을 감상한다. 물줄기를 힘차게 부어 차를 우려내고 모래시계를 가만히 뒤집는다. 사르르 모래 떨어지는 소리가 들릴 듯 고요한 시간이 흐른다. 테이블로 가져갈 티포트에 우려낸 차를 가만히 따라낸다. 그릇장에서 그날의 기분에 따라 마음에 드는 찻잔을 꺼낸다.

티포트와 찻잔을 들고 테이블에 앉아 차를 한 잔 따라내면 우리 집 테이블 위로 햇살이 길게 드리운다. 요즘은 카페에서 일하거나 공부하는 사람들이 점점 더 많아지고 있는데 나는 언제나 우리 집에서 번역을 한다. 베란다 밖으로 보이는 초록색 자연을 감상하며 좋아하는 음악을 틀어놓는다. 커피향 대신 은은한 차향을 음미하면서, 그렇게 또 햇살 가득한 아침 시간이 차로 채워진다.

# 우아한
## 카페인 충전

모든 차는 기본적으로 성질이 차다. 홍차나 발효차가 녹차보다 따뜻하다고 하지만 같은 찬 성질 내에서 조금 더 따뜻하고 그렇지 않음의 차이일뿐 기본적으로는 차갑다. 그래서 차는 웬만하면 따뜻하게 마시는 게 좋다. 그래서 나는 여름철을 제외하고는 아이스 티를 찾아 마시는 편은 아니다. 모든 음식이 그러하듯 차 역시

계절별로, 체질별로 음양의 조화를 생각하며 섭생하면 장기적으로 보았을 때 조금 더 건강한 라이프스타일을 누릴 수 있다.

성질이 차가운 차 중에서도 특히 가장 찬 것은 녹차이다. 기본적으로 몸이 찬 편인 나는 녹차를 그리 선호하지는 않지만 그렇다고 녹차를 싫어하는 건 아니다. 중국 녹차는 그 종류가 특히 다양해서, 녹차 수업을 할 때면 "저는 녹차를 싫어했는데 녹차가 이렇게 맛있는지 처음 알았네요"라고 하는 분들을 종종 만나게 된다. 역사가 가장 오래된 차의 종주국인 만큼 당연할 수밖에 없다. 우리나라도 앞으로 10년, 20년의 세월이 흐르면 더 다양하고 맛있는 차를 만들어낼 수 있으리라 믿는다.

녹차 역시도 어떻게 우리느냐에 따라 그 맛과 향이 천차만별로 달라지는지라 알고 마셨을 때 더 풍성한 매력을 느낄 수 있다. 수업 시간에 마셨던 똑같은 차를 집에서 우려 마신 한 학생분은 다시 먹어보니 너무 맛이 없다고 연락을 주시기도 했다. 중국 녹차를 우리나라 녹차처럼 우려 마시면 맛이 없을 수밖에 없다. 간단하게 방법을 알려드렸더니 극명하게 맛이 달라졌다며 즐거워하시던 학생분의 메시지가 종종 생각난다.

녹차는 기본적으로 성질이 찬 데다 카페인도 많다. 사실 카페인 이야기를 하자면 끝도 없이 풀어내야 하는데 어떤 녹차인지에 따라, 또 물 온도에 따라 카페인의 양은 달라질 수 있다. 일반적으로 품질이 좋은 어린잎으로 만든 녹차는 카페인이 많은 편이라고 할 수 있다. 그런 이유로 늦은 오후에는 녹차를 잘 마시지 않는 편이다. 카페인에 민감한 편은 아니지만 건강을 위한 가장 중요한 요소 중 하나인 숙면을 방해하는 요인은 애초에 만들지 않으려고 노력하는 편이다. 그래서 나는 카페인이 필요한 아침, 좋은 녹차를 우려서 반짝 정신을 깨운다.

녹차를 꺼내어 우릴 준비를 하면 찻잎을 본 아들이 어느새 알아채고는 눈을 크게 뜨고 입가에 미소를 짓는다.

"와, 녹차다!"

몸에 열이 많은 아들은 사계절 내내 녹차를 참 좋아한다. 하지만 보통 집에서 차를 우리는 역할인 내가 녹차를 즐겨 마시는 편이 아니다 보니 상대적으로 녹차를 마시는

날이 적다. 그래서 테이블 위에 녹차가 올라오는 날은 아이들이 환호성을 지르며 행복해한다.

나는 중국 녹차 중에서 안길백차와 육안과편을 가장 좋아한다. 중국 녹차를 아는 분들이라면 많이들 좋아하시는 차이기도 하다. 안길백차는 단맛이 좋고 육안과편은 고소한 맛이 일품이다. '백차'라는 이름 때문에 오인하는 경우도 있는데 안길백차는 엄연히 녹차에 속한다. 일정 기온이 되면 찻잎에 백화 현상이 일어나 하얗게 변한다고 해서 백차라는 이름이 붙었을 뿐이다. 아미노산 함량이 특히 높아서 단맛이 돌고, 맑고 청량함을 자랑하는 차이다. 육안과편은 특이하게도 싹과 줄기를 모두 잘라내어 잎으로만 만든 녹차인데 영양 성분이 무척 풍부해서 아이들과 함께 마시기에도 좋다. 육안과편의 돌돌 말린 건엽을 보면 저절로 군침이 돈다.

벽라춘, 태평후괴, 황산모봉, 용정차, 신양모첨… 중국 녹차에 익숙하지 않은 분들은 이름이 왜 이렇게 어렵냐는 이야기를 많이 한다. 중국 녹차면 그냥 녹차지 이름이 뭐가 이리 복잡하냐며. 하지만 각각의 맛을 보고 나면 그 생각이 달라진다. 같은 녹차이지만 서로 다른 이름으로 각양각색의 맛과 향을 드러낸다는 사실이 참으로 신기할 뿐이다.

비단 녹차뿐만이 아니라 모든 차가 마찬가지이다. 같은 이름으로 불려도 등급이나 시기, 제다 등에 따라 또 그 맛이 천차만별로 달라질 수 있는 무한한 가능성을 가진다. 그래서 나는 수업 시간에 늘 차에 대한 편견을 버리라는 이야기를 한다. 같은 이름 아래 수십 가지 차를 맛보고 나면 '같은 차라도 이렇게 달라질 수 있구나' 하는 사실을 깨닫게 된다.

모든 녹차는 마시고 나면 눈이 또렷해지고 머리가 맑아짐을 느낀다. 정말 그렇다. 그래서 녹차를 마시는 날에는 우아한 카페인 충전이라는 해시태그를 달고 싶다. 옆에서 만족스럽게 웃고 있는 아들의 얼굴 또한 나의 온몸에 에너지를 가득 불어넣어 준다. 우아한 카페인과 활력 충전을 위해 오늘은 녹차 한 잔을 우려야겠다.

。중국 녹차 우리기

중국 녹차는 자기로 된 다관보다 유리잔이나 유리
로 된 차도구에 우리는 것이 더 맛있다. 집에 있는
유리잔을 활용하여 85도 정도로 물을 식힌 후 우
려보자. 차에 따라 레시피가 조금씩 달라질 수는
있지만 기본적으로 아래 레시피를 참고한 후, 취
향에 따라 찻잎의 양과 우리는 시간을 조절하면
좋다.

3g / 200ml / 2~3분 / 85도

# 봄이 오는
## 소리

겨우내 움츠렸던 모든 것이 기지개를 켜며 몸을 풀어내기 시작한다. 절기의 흐름과 함께 놀랍도록 정확히 찾아오는 자연의 변화. 산책길 햇살의 따사로움이 달라지고 앙상한 나뭇가지 사이로 연녹색의 새싹들이 보이기 시작하는가 하면 어느새 팡팡, 매화와 산수유꽃이 피어난다. 목련이 꽃망울을 머금고 벚꽃이 팝콘처럼

터지기 시작하면 이내 참을 수 없는 황사가 한바탕 밀려 내려온다. 촉촉한 봄비가 먼지를 쓸어 내려가면 파스텔 톤의 봄 하늘이 얼굴을 드러낸다.

봄은 전 세계의 차 밭에서도 그해의 첫차를 만들기 위해 손이 분주해지는 때이기도 하다. 신선한 다르질링 첫물차(그해 가장 처음, 봄에 채엽한 차를 뜻하는 말)가 만들 어지면 10년이 넘도록 다르질링을 보내주는 인도의 친 구들에게 연락이 온다. 우연한 만남으로 인연이 닿았던 N과 P는 매년 꾸준히 나의 구미에 맞는 다르질링을 추천 해준다.

한국에 돌아온 지금도 매년 좋은 다르질링이 들어오 면 연락을 주는 이들이다. 한국에 돌아갔다고 얼마나 아 쉬워하던지. 그리고 어김없이 자신이 들고 있는 다르질 링 중에서, 그해에 내가 좋아할 만한 것들을 적극적으로 추천해준다. 나의 다르질링 취향을 그 누구보다도 잘 알 고 있는 그들의 추천은 언제나 옳다. 오랜 시간 쌓인 신 뢰와 정으로 이루어진 친구 관계. 단순히 차를 사고파는 관계가 아니라 다르질링을 사랑하는 마음으로 이어진 국

제 다우인 셈이다.

다르질링의 신선하고 상쾌한 공기가 담긴 다르질링 첫물차가 도착하면 나의 봄이 시작된다. 아이들과 함께하는 차 생활에서 주로 즐기는 건 중국차다. 그럼에도 부동의 최애차favorite tea 자리를 잡고 있는 것은 바로 다르질링이다. 한 다원에서 만들어진 싱글 에스테이트, 다원 다르질링의 그해 첫 번째 만든 퍼스트 플러시, 첫물차 말이다.

10년이 넘도록 다원 다르질링 첫물차를 마셔온 나로서는 다르질링에서 빠르게 변하고 있는 차를 대하는 태도와 그 기술에 감탄을 금치 못한다. 매년 더 튼튼하고 훌륭한 차나무 품종을 개발하기 위한 노력을 끊임없이 선보이며 노력은 배신하는 일이 없다는 것을 차를 통해 증명해낸다. 매년 더 멋지고 아름다운 다르질링이 나오는 모습을 보며 난 항상 마음속으로 박수를 쳐준다. 중국의 차를 모방하기 위해 시작된 그들의 차는 이제 더 이상 중국의 기준에서 나는 6대 다류가 아닌 다르질링이라는 특별한 차 범주를 만들어냈다고 생각한다. 중국에서 설명하는 그 어떤 제다 기준에도 들어가지 않는 다르질링

만의 고유한 범주 말이다.

다르질링은 겨울과 봄이 지나고 날이 더워지면서 여름이 되면 매미충이라는 벌레가 몰려들기 시작한다. 차나무 잎은 매미충으로부터 자신을 보호하기 위해 테르펜을 내뿜게 되고, 이와 매미충의 공격이 만나 제다 과정에서 꿀과 같은 달콤한 머스커텔 향기로 변화하게 된다. 대만의 '동방미인東方美人'의 소록엽선과 비슷하다고 할 수 있어서, 중국차 감평사들 중에는 다르질링 세컨드 플러시를 맛보고 동방미인을 떠올리는 일이 있기도 하다. 그런 연유로 다르질링 중에서도 첫물차가 아닌 두물차, 즉 세컨드 플러시에서는 머스커텔 향기를 느낄 수 있다. 이 머스커텔 향기란 것은 흔히 생각하는 일반적인 청포도 향기가 아닌 머스캣 포도와 이것으로 만든 주정강화 와인에서 느껴지는 톡 쏘는 꽃향기와 달콤하고 스파이시한 풍미를 연결시킨 것이다. 그런 머스커텔 향기 때문에 세계적으로 인정받는 두물차는 밸런스가 탄탄하고 감동적이다. 하지만 나는 10여 년 전부터 꾸준히, 그해 봄에 처음으로 나오는 첫물차 애호가였다.

홍차라기엔 녹차나 우롱차에 가까운 듯한 싱그러운 찻잎이(실제로 다르질링에 가면 첫물차나 두물차를 우롱차라고 설명하는 이들도 있다. 그 정도로 다르질링은 우리가 '흔히' 생각하는 홍차의 범주에 들어간다고는 할 수 없다) 물속에서 우아하게 우러나는 순간부터 봄의 향기가 피어오른다. 혹여 향기가 다 날아가 버릴까 우러난 차를 조심조심 찻잔에 따라내면 진한 향기가 밀려든다. 다르질링 첫물차를 한 모금 마시면 이제야 나의 봄이 시작된다.

봄의 싱그러움, 누군가 들판 여기저기에서 꺾은 들꽃을 한 아름 안겨주는 듯한 향기, 섬세하고 여리지만 충만하게 피어오르는 새싹의 힘찬 기운, 그야말로 '봄'이 한 잔의 차에 담겨 있다. 아리야, 푸타봉, 캐슬턴, 어퍼 남링… 다르질링이라는 같은 이름 아래 수십 개의 다원이 존재한다. 떼루아(차를 생산하는 데 영향을 주는 토양, 기후 따위의 조건을 통틀어 이르는 말)가 서로 달라 다양한 풍미를 선사하는 다원 다르질링의 매력은 끝도 없다. 아리야에서 말하는 봄과 푸타봉에서 말하는 봄은 또 다르다. 서로의 다름을 즐기는 미묘한 차이에서 나의 봄이 풍성해지고 또 즐거워진다.

올해의 봄도 시작되었다. 인도로부터 실려온, 테이블 위에 가득한 다원 다르질링 첫물차의 봄 향기에 아이들도 감탄한다. 찻잎이 위아래로 춤을 추며 싱그럽게 우러나는 모양새를 보면서 아이들은 차를 마실 준비를 한다. 길쭉한 데미타스 찻잔에 봄을 한 잔 가득 담아주면 호로록호로록 비워내며 감탄사를 내뱉는다. 작은 손을 꼼지락거리며 말한다.

"엄마, 봄이 왔어."

클래식,

　　　좋아하세요?

　　'클래식'이란 단어를 참 좋아한다. 음악뿐
만 아니라 찻잔이나 그릇도 클래식한 스타일을 좋아한
다. 그릇과 찻잔에서 클래식이 주는 어감은 사람마다 다
를 수 있지만 나는 블루 앤 화이트나 동양화풍의 그림이
그려진 동양적인 느낌의 도자기들을 떠올리게 된다.
　　도자기 위에 손으로만 그림을 그리던 핸드 페인팅 시

절을 지나, 전사 기법이 도입되면서 대중들도 손쉽게 청화백자를 사용할 수 있게 되었다. 서양에서는 1784년 조사이어 스포드가 처음으로 언더 글레이즈드 전사 기법을 사용해 색을 칠한 후 유약을 바르고 구워내는 푸른색 도자기를 만들었고, 중국의 그림을 모방한 블루 윌로우와 같은 다양한 패턴들이 등장하였다. 블루 앤 화이트의 클래식한 찻잔과 그릇들은 내 테이블 위를 종종 채우곤 하는 아이템들이다.

로얄덜튼에서 나온 '캔톤Canton'도 참 좋아하는 클래식 찻잔 중의 하나이다. 캔톤이란 영어로 중국의 '광둥성'을 뜻한다. 중국 남부 연안의 광둥성을 통해 차를 사간 나라들은 지금도 차를 '차Cha'로 발음하는 반면 복건성 지역을 통해 차를 사간 나라는 '티Tea', 또는 '테Tae'와 같은 발음을 사용한다.

유백색의 투명한 도자기 위에 화사하게 피어난 모란꽃과 블루 앤 화이트로 펼쳐지는 중국의 풍경. 지극히 서양적인 도자기와 동양적인 그림이 만난 차도구 혹은 그릇을 보면 나는 클래식이 떠오른다. 아르누보 스타일이

나 레트로, 모던하고 세련된 디자인과 달리 그릇에 있어 내게 클래식이란 바로 그런 것들이다.

물론 서양 도자기에만 국한되는 것은 아니다. 중국 청나라의 옹정제가 좋아하던 복숭아 문양이라든지, 동자승이 그려진 문양, 부귀영화를 뜻하는 박쥐나 다양한 꽃 그림이 그려진 중국의 차도구들 또한 지금의 세련되고 현대적이고 깔끔한 느낌과는 다르게 클래식하다. 그리고 나는 형태와 디자인도 클래식한 것들이 좋다. 차를 우려 마땅한 차도구들은 특히 더 그렇다. 오랜 시간 클래식한 형태를 지닐 수밖에 없었던 이유가 있는 만큼 미적 감각과 세련됨을 무시할 수는 없지만, 기능적인 부분에서는 특히 클래식을 더 고집하게 된다.

개인적으로 로스트로포비치나 바흐, 파블로 카잘스 같은 음악가의 클래식 명음반들을 좋아하는데 그래서 아이들과 함께하는 아침 찻자리에는 언제나 빠지지 않고 KBS 클래식FM을 틀어둔다. 〈출발 FM과 함께〉를 들으며 차를 마시는 시간은 아이들과 나의 모닝 루틴 중 하나이다. 목요일마다 있는 출발 퀴즈를 손꼽아 기다리며 꾸

준히 정답 문자를 보낸다. 아직 한 번도 뽑힌 적은 없지만 사연이나 신청곡은 꽤 자주 뽑혀 소개되곤 했다. 우리의 사연이 이재후 아나운서의 목소리로 읽히는 그 순간, 아이들은 마시던 차를 멈추고 반짝반짝 빛나는 눈동자로 귀를 쫑긋 세워 경청한다. 차를 마시면서 즐길 수 있는 소소한 즐거움이 아닐 수 없다.

아들이 가장 좋아하는 곡은 생상스,〈동물의 사육제〉의 제1곡 '서주와 사자왕의 행진Introduction et marche royale du Lion'과, 스메타나의 교양시《나의 조국》중 제2곡 '몰다우Moldau'이다. 딸은 바이올린 연주곡을 좋아하고 나는 첼로 곡들을 좋아한다. 라디오에서 흘러나오는 누군가의 선곡이나, 혹은 우리가 신청한 클래식 음악을 들으며 해로즈의 no.14번이라든지 혹은 no.49번과 같은 클래식한 블렌딩 홍차를 우려낸다. 차를 처음으로 즐기기 시작한 날부터 지금까지 변함없이 나의 찬장에 놓여 있는 홍차. 점점 더 다양하고 새로운 블렌딩의 차와 브랜드가 생겨나고 있지만, 150년이 넘도록 스테디셀러로 자리를 지키고 있는 클래식한 블렌딩 홍차들은 언제나 '고전'이 주는 멋스러움과 편안함을 준다.

　오랜 시간 변함없이, 끊김 없이 인류에게 사랑을 받아왔다는 것만으로도 충분히 그 가치가 입증된 클래식. 차에 있어 바이블 격인《다경》과《논어》와 같은 책도 마찬가지이다. 고전이기에 곁에 두는 것으로도 충분히 가치 있는 것들. 5천 년 전부터 인류와 함께 해온 차도 같은 맥락이다. 고전에 고전을 담고, 고전을 들으며, 고전을 읽는다는 것은 사람을 그리고 나를 조금 더 잘 이해하고 알아갈 수 있는 가장 쉬운 길이 아닌가 싶다. 그래서 난 클래식을 늘 곁에 두고 살아간다.

눈 내 리 는
    겨 울 아 침


　　　　인도에서의 추억을 늘 곱씹는다. 고작 4년,
지금까지 살아왔던 시절에 비하면 한없이 짧은 시간이지
만 온 마음을 다해 그곳을 사랑하며 살았기 때문일까. 한
국에 돌아온 지 2년이 훌쩍 지났지만 여전히 그때의 추
억들이 불쑥불쑥 튀어나온다. 눈이 내리는 날이면 눈이
한 송이도 내리지 않았던 인도가 생각난다. 여름만 있던

무더운 남인도에서 지내는 동안 무척이나 그리워했던 눈을 보면서, 오히려 눈 내리지 않는 그곳을 사무치게 그리워한다.

날이 추워지면 나도 모르게 바글바글 끓인 짜이 한 잔이 생각난다. 더불어 자연스레 인도에서의 추억으로 이어진다. 세상에서 가장 맛있었던 짜이는 바라나시 길거리에서 '쿨라드kulhad'라는 일회용 잔에 마시던 짜이이다. 쿨라드는 마시고 나서 바닥에 깨버리면 다시 흙으로 돌아갈 수 있도록 만든 찻잔으로, 유약을 바르지 않고 만들었다. 친환경 일회용 컵인 셈이다. 아이들은 작은 손으로 쿨라드를 움켜쥐고 뜨거운 짜이를 호호 불며 마셨다. 그러고는 정말 던져도 되냐는 눈빛으로 신나게 잔을 던지며 깨지는 잔을 신기하게 바라보곤 했다.

카다몸과 정향, 팔각과 시나몬과 같은 향신료를 듬뿍 넣은 마살라 짜이면 더할 나위 없이 좋겠다. 인도에서는 제법 저렴하게 구할 수 있었던 사프란까지 있으면 금상첨화이다. 세상에서 가장 고급스러운 마살라 짜이 한 잔이면 눈 내리는 풍경이 더욱 완벽해진다. 눈이 펑펑 내려온 세상이 하얗게 변한 전경을 사진으로 찍는다. 여름만 4계절이 있는 남인도의 친구에게 보내주면 감탄을 금치 못한다. 난 그들이 이렇게 부러워하는 눈 속에서 그곳의 짜이를 그리워한다.

'압끼빠산드Aap ki pasand'라고 하는 인도의 브랜드가 있다. 그곳에서 만든 '산차 티 부띠끄'는 인도의 브랜드라고 하기에는 (이것도 이제는 편견이 되었지만) 놀랄 만큼 아기자기하고 고급스러운 브랜드이다. 인도의 3대 차 생산지인 다르질링, 아쌈, 닐기리에서 나오는 다양한 등급의 차는 물론이고 우리나라에서 쉽게 만나보기 힘든 시킴, 캉그라와 같은 인도의 또 다른 생산지의 차들도 만나볼 수 있다.

인도에서 만들어지는 백차에 라벤더와 장미꽃을 블렌딩한 차는 또 얼마나 아름다운지 모른다. 아유르베다를 베이스로 한 허브차 라인도 제법 다양하고 풍성하다. 인도에 있을 때는 산차 티 부띠끄에 들러 차를 구경하고 시음하는 즐거움을 마음껏 누리곤 했었다. 인도를 떠나 아쉬움이 컸지만, 반갑게도 얼마 전부터 우리나라에도

정식으로 수입이 되고 있다. 부산 유엔로에 가면 산차 티부티크를 만날 수 있으니 이제는 부산에 사시는 분들이 그렇게 부러울 수가 없다.

바로 그 산차에서 나오는 사프란 마살라 짜이가 있다. 마살라는 힌디어로 '향신료'라는 뜻이고 짜이는 '차'라는 뜻인데, 향신료가 들어간 밀크티를 보통 마살라 짜이라고 부른다. 그 향신료 중에 가장 고급스럽다고 알려진 사프란을 넣은 차인 셈이다. 그것도 듬뿍. 사프란 크로커스 꽃 한 송이에 단 3개밖에 있지 않은 암술을 말려서 사용하는 길쭉하고 발간 사프란이 특유의 향기를 자랑하며 함께 블렌딩되어 있다. 사프란의 고혹적인 그 향은 한번 맛을 보면 잊을 수가 없다.

밀크티 만들기에 최적화가 되어 있는 ctc(시티시제법, 현대식 홍차 제조의 대표적 기법으로 인공으로 위조된 찻잎을 ctc기를 거쳐 산화시킨 후 홍차를 만드는 방법) 찻잎을 자르고, 찢고, 동글동글 말아서 만들었다. 인도의 아쌈 ctc와 함께 들어 있는 사프란과 다른 향신료들을 듬뿍 떠서 밀크 팬에 넣는다. 물을 붓고 바글바글 끓어오르기를 기다렸다가 진하게 우러나면 비정제 설탕을 넣고 우유를 붓는다. 다시 한번 끓어오르면 팬을 불에서 멀리해서 우유 거품을 가라앉히고, 다시 바글바글 끓였다가 또 가라앉히고를 여러 번 반복하여 차와 향신료가 진하게 우러나도록 한다. 걸쭉하게 우러나면서 우유의 고소함과 향신료의 향기가 집 안을 가득 채운다. 불을 끄고 찻잔에 스트레이너를 얹어 찻잎과 향신료가 걸러지도록 조심스레 따라낸다.

어깨 위에 도톰한 숄을 두르고 베란다에 나가 창밖에 소복소복 쌓이는 눈을 바라본다. 입가에서 피어오르는 입김과 뜨거운 마살라 짜이에서 피어오르는 김으로 온기를 느끼며 찬 공기 속에서 그렇게 겨울을 만끽한다. 더운 나라 인도에서 사온 '스윙 체어'에 몸을 맡기고 흔들흔들, 한 잔의 마살라 짜이를 비워낸다. 그리운 인도를 삼키는 어느 겨울날의 아침이다.

마
살
라
짜
이
만
들
기

재료

자잘한 팬닝스나 더스트의 홍차 찻잎 2ts, 우유
200ml, 설탕 취향껏, 카다몸, 시나몬, 정향, 팔각,
사프론 등의 향신료 취향껏 한 줌

1. 우유에 찻잎, 설탕, 향신료를 넣는다.

2. 중불에서 바글바글 끓이고 우유 거품을 가라앉
   히고를 5번 이상 반복한다.

3. 스트레이너에 걸러내어 따라 마신다.

( tip )

향신료는 모두 섞어도 되고,
좋아하는 향신료만 넣어서 끓여도 좋다.

# 샐러드 홀릭

샐러드를 처음 제대로 접해본 게 언제였을
까. 샐러드라고 하면, 어린 시절 과일에 마요네즈를 듬뿍
묻혀서 먹던 '과일 샐러드'와 KFC에서 팔던 '코울슬로'
가 먼저 떠올랐다. 그리고 스페인 어학연수 시절, 마드리
드에서 처음으로 접해본 엔살라다 데 뚜나(참치 샐러드)
라는 요리에 신선한 충격을 받았던 것이 그 시작이었던

것 같다. 신선한 양상추와 양파, 지중해를 상징하는 블랙 올리브와 베이비콘 위에 참치가 얹어져 있었고 드레싱이라고 해봤자 소금과 후추, 올리브유와 발사믹 식초가 전부였던 그 샐러드는 신선한 문화적 충격이었다. 그도 그럴 것이 우리나라에서는 샐러드가 지금처럼 흔하지 않던 20년도 더 이전의 일이었다. 발사믹 식초라는 것도 아마 그때 처음 접해본 게 아닐까 싶다.

그 뒤로 샐러드는 나의 최애 음식이 되었다. 원래 채식을 좋아하던 편인 데다 신선한 채소와 이국적인 재료들의 조합, 올리브유에 따라 달라지는 풍미 등 다양한 미각의 세계를 조금 더 섬세하게 즐길 수 있는 영역이라는 생각이 들었다. 그 뒤로 지금까지 다양한 샐러드를 따라 하거나 시도해보곤 했는데, 인도 첸나이에서 지내던 동안은 새로운 식자재였던 파파야에 보코치니 치즈와 라임 즙, 발사믹을 활용한 샐러드를 만들어 친구들에게 대접하기도 했다.

하지만 샐러드라고 해서 늘 생채소만 사용해야 하는 것은 아니다. 생채소로 만들거나 퀴노아나 파스타를 이용해서 만드는 콜드 샐러드도 참 좋아하지만, 그에 못지않게 따뜻한 웜 샐러드도 좋아하는 편이다. 나는 몸이 차가운 편에 속하기 때문에 계절에 따라, 날이 더운 여름철에는 차갑거나 가열하지 않은 샐러드를 즐겨 먹고 나머지 계절에는 보통 웜 샐러드를 즐긴다.

웜 샐러드라고 함은 생채소 대신 익힌 채소로 준비하는 것이다. 그래서 보통 초록 잎의 채소보다는 가지나 토마토, 버섯, 감자, 브로콜리와 같은 채소류에 올리브 오일과 소금을 뿌려 오븐에 구워내거나 찜기에 쪄낸다. 질 좋은 올리브 오일과 소금을 사용하면 그것만으로도 충분히 풍미를 느낄 수 있다. 제철 채소만 잘 활용해도 매 계절 다양하게 웜 샐러드를 즐길 수 있는 것이다. 청귤청이나 레몬청, 매실청을 활용해도 좋지만 드레싱 자체의 칼로리나 당분이 높아지다 보니 올리브유와 발사믹, 혹은 올리브유와 레몬즙의 조합을 좋아하는 편이다. 재료 본연의 맛에 더 집중할 수 있기도 하고 말이다. 물론 가끔 변주곡처럼 청을 넣어 달콤하게 즐길 때도 있다.

샐러드라는 이름으로 불리지는 않지만 우리나라의

나물 역시 샐러드의 일종이라고 볼 수 있지 않을까. 특히 봄이 되면 봄의 기운을 가득 담은 봄나물들이 가득하다. 냉이, 달래, 돌나물, 두릅, 세발나물, 눈개승마, 쑥, 민들레, 깻잎 순… 웜샐러드처럼 나물로 무쳐서 먹어도 좋고 여리고 부드러운 나물은 생 샐러드처럼 먹어도 좋다. 오일 파스타에 함께 넣어 먹어도 별미이다.

샐러드를 좋아하는 이유 중의 하나는 가볍게 차를 곁들이기에도 참 좋기 때문이다. 샐러드류의 음식에는 보통 대만 우롱차들을 즐겨 찾는데, 차마다 조금씩 다르기는 하지만 밀도나 풍미가 샐러드와 대체로 참 잘 어울리는 편이다. 혹은 인도의 홍차 중에서도 닐기리에서 만들어지는 차를 곁들이기도 한다.

대부분의 차 밭이 인도 북쪽에 위치하는 것에 비해 닐기리는 남인도에 있다. 지리적으로 스리랑카와 위도가 비슷해서 스리랑카에서 만들어지는 차와 가장 비슷한 풍미를 지니고 있다.

닐기리는 블루 마운틴, 푸른 산맥을 뜻하는 인도의 차 생산지 이름이다. 닐기리 안에도 수많은 다원이 존재하는데, 흔히 말하는 떼루아가 다원마다 다르기 때문에 다원차는 그냥 닐기리 홍차와는 또 다른 풍미를 선사하며 싱글 에스테이트 티라는 이름으로 불린다. 와인이나 커피와 마찬가지라고 생각하면 된다.

내가 좋아하는 닐기리의 다원은 글렌데일과 하부칼이다. 글렌데일 다원의 닐기리 홍차는 싱그럽고 과실향이 느껴지는 데 반해 하부칼 다원의 홍차는 조금 더 상쾌하고 잔잔하게 꽃향기가 피어오르는 게 특징이다. 같은 인도 땅에서 만들어지는 다르질링이나 아쌈과는 또 전혀 다른 풍미인데, 기본적으로 상쾌함이 있는 홍차이기 때문에 콜드 샐러드와도 웜 샐러드와도 참 잘 어울린다. 게다가 샐러드의 종류를 막론하고 대체로 잘 어우러진다. 심지어 내가 좋아하는 지중해식 해산물 샐러드와도 찰떡궁합을 자랑한다.

나물은 좋아하지만 샐러드는 그렇게 선호하지 않는 편인 토종 입맛의 우리 집 아이들은, 내가 샐러드에 닐기리 홍차를 곁들여 마시고 있으면 옆으로 슬쩍 다가와 홍차를 한 입 빼앗아 마시고는 호로록 달려가 버린다. 엄마

의 티타임을 방해하기보다는 그 시간을 존중해주는 쪽이
다. 함께 살아간다는 것은 그만큼 서로에 대한 존중이 필
요한 일이다. 차와 샐러드, 테이블 위의 티 페어링을 보며
문득 우리 가족의 삶 페어링도 제법 괜찮다는 생각을 해
본다. 찻잔에 남은 닐기리 홍차가 참 상쾌하고 향긋하다.

○ 　오후의 차

하루에서 가장 바쁜 시간을 보낸 후

살짝 출출해지는 오후의 이 시간.

엄마가 내어준 따끈한 스콘과 밀크티 한 잔이

먼 훗날 아이들이 떠올릴 수 있는

마음 따스한 추억이 될 수 있다면 참 좋겠다.

차를 마시며 배시시 웃는 아이들의

머리를 쓰다듬어 본다.

## 수업 시간에 마시는 차가
### 제일 맛있어

　　차를 가르친다고 하면 가장 많이 받는 질문 중 하나가 "무슨 차를 제일 좋아하세요?"이다. 이처럼 대답하기 어려운 질문이 없다. 그날의 기분에 따라, 날씨에 따라, 습도에 따라, 혹은 계절에 따라 좋아하는 차가 매번 바뀌기 때문이다. 세상에 너무 많은 종류의 차가 있다 보니 단 하나만을 꼽는 일은 세상 어렵다.

그럼에도 굳이 한 가지를 선택해보라고 한다면 고민하게 되는 차들이 있다. 그중의 하나가 앞서 말했던 '다르질링'이고 또 다른 하나가 '무이암차'이다. 무이암차는 중국 푸젠성에 있는 무이산에서 만들어지는 우롱차를 말한다. 우롱차이지만 산화도가 높아서 찻잎은 마치 홍차처럼 검붉은 색을 띤다. 암석이 많은 지역이다 보니 '암운'이라고 불리는 특유의 풍미를 지닌 시원하고 향기로운 차이다. 개인적으로 자주 선택하는 차인 만큼 가장 좋아하는 차 중 하나라고 말해도 무리가 없을 듯하다.

무이암차는 흔히 말하는 '화기'가 빠지면 그 풍미가 더 살아나기 때문에 시간을 들여 두고 마시면 좋다고 한다. 시장에 갓 나온 신차인 무이암차를 마실 때는 연기향과 같은 홍배향이 느껴지기 마련이다. 테이스팅을 위해 무이암차 신차를 마실 때면, 제법 미각이 섬세한 아들이 담배 연기향이 난다며 고개를 도리도리 젓는다. 아들에게 있어 무이암차 신차는 담배 연기가 나는 차이다.

하지만 그대로 잘 보관하여 시간이 좀 더 흐른, 일명 화기가 빠진 차는 훨씬 더 풍미가 좋고 특징이 잘 살아난

다. 시간의 흐름이 더해졌으니 잘 익은 무이암차라고 할 수 있는데 이 차를 마시면 비로소 고개를 끄덕이는 아들이다. 그래서 아이들과는 보통 만든 지 최소 2~3년이 지난 무이암차를 즐기는 편이다.

우리나라에서 잘 알려진 무이암차로는 대홍포, 육계, 수선 같은 차들이 있는데 중국 내에서 4대 명총이라 불린다. 특히 귀한 차로 손꼽히는 차는 대홍포와 철라한, 백계관, 수금귀가 있다. (여기에 반천요라는 차를 더해 5대 명총으로 부르기도 한다) 녹차를 고르면 눈이 반짝반짝해지는 아들과 달리 딸아이는 육계와 같은 무이암차를 고르면 눈이 반짝반짝 빛난다.

평소에는 그나마 쉽게 구할 수 있는 대홍포나 육계, 수선을 즐겨 마시지만 개인적으로 5대 명총도 무척이나 좋아한다. 단, 품질 좋은 5대 명총을 구하기가 쉽지 않은 만큼 자주 손을 댈 수는 없는 차이다. 이런 차를 마음껏 즐길 기회가 바로 5대 명총 티 클래스이다. 일상찻집에서 5대 명총 티 클래스가 열리는 날은 학생분들도 무이암차의 새로운 매력에 감탄을 금치 못한다. 나 역시 그

전날부터 입에서 배실배실 웃음이 새어 나오는 것을 막을 길이 없다. 조로록 줄지어 놓여 있는 5대 명총을 흐뭇하게 바라보며 수업 준비를 하는 내내 입가에 미소가 끊이지 않는다. 무이암차를 우리기에 좋은 개완을 고르고 차 맛에 크게 방해되지 않되 속을 달래줄 수 있는 티 푸드를 올려둔다. 그리고 이 수업에서 가장 중요한 것은 바로 문향배이다.

문향배란 향을 맡기 위해 대만에서 처음으로 고안된 길쭉한 형태의 잔이다. 문향배에 차를 따른 후 그 차를 다시 찻잔에 따라내고, 문향배에 남은 향을 즐기는 형태이다. '향을 듣는다'는 뜻의 낭만적인 이름을 갖고 있는 문향배에 무이암차를 담아내면 짙은 바닐라빈과 같은 달콤한 향기와 열대과일의 새콤달콤함이 코끝으로 밀려 들어온다. 무이암차가 이렇게 복합적이고 매력적인 향기를 가진 차인 줄 미처 몰랐다며 학생분들은 코끝에 문향배를 붙여놓고 싶다고 말하기도 한다.

뜨거운 물로 개완을 예열하고 그 물로 우려낸 차를 담아둘 공도배와 문향배, 찻잔을 순서대로 차근차근 예

열한다. 뜨거워진 개완에 찻잎을 넣은 후 개완 뚜껑을 슬쩍 열고 건엽의 향기를 제대로 감상해 본다. 뜨거운 김과 함께 밀려 들어오는 건차의 향기는 온 정신을 깨워준다. 정성을 다해 차를 우려내고 차례로 학생들의 문향배를 채운다. 문향배를 사용하는 방법을 간단히 알려주면 제법 능숙하게 사용하는 분도 계시지만 거의 열에 아홉은 차를 테이블에 쏟곤 한다. 그도 그럴 것이 막 우려낸 차를 담은 문향배는 뜨겁기 때문에 여유만만하게 뒤집으려면 익숙해질 시간이 필요하기 때문이다.

능숙하게 문향배를 사용할 줄 아는 아들은 어른들이 왜 문향배의 차를 쏟느냐며 이해할 수 없다는 깜찍한 반응을 보이지만, 그 역시 10여 년의 차 생활 내공이 쌓인 아이가 아닌가. 전혀 부끄러울 일이 아니다. 편하고 간편하게 문향배를 들어 찻잔에 따라도 그만이지만 제대로 사용하는 방법을 익히고 싶어 다들 열심히 연습한다. 그 모습에 다시 한번 마음이 훈훈해진다. 그리고 마침내 무이암차의 향기를 맡으며 열이면 열 모두 황홀한 표정을 짓는다. 그 향기가 너무 좋아서, 차를 마시는 것도 잊은 채 연거푸 문향배에 코를 들이댄다.

"차가 식기 전에 맛도 보세요!"라는 나의 말에 찻잔을 비워내면 지금껏 맛보지 못했던 새로운 경지의 풍미를 선사한다. 입안 가득한 시원함과 날숨에 느껴지는 그윽한 향기와 깔끔한 마무리까지. 문향배에 담겨 있는 그 향기가 우러난 물속에서 만들어낸 맛은 이루 말할 수 없이 훌륭하다. 평소에 5대 명총을 마음껏 맛보기 힘든 나 역시 수업을 핑계 삼아 열심히 우려낸 차에 코를 킁킁대고 목을 축인다.

수업 시간에 마시는 차는 자주 마실 수 없기 때문이기도 하지만 다 함께 나눌 수 있어 더욱 좋다. 같은 차를 서로의 언어로 다양하게 묘사해내는 즐거움, 좋은 차를 마셨을 때의 감탄을 함께 나눌 수 있는 풍요로움. 테이블 위에는 언제나 우리의 이야기와 차향이 어우러져 즐거운 공기가 가득하다.

∘

## 문향배 사용법

1. 문향배에 뜨거운 물을 부어 예열한다.
2. 빈 문향배에 차를 따른다.
3. 문향배의 차를 찻잔에 옮겨 담는다.
4. 문향배에 남아 있는 차향을 감상한다.
5. 차를 마시며 감상한다.
6. 식은 문향배의 향을 다시 한번 감상해본다.

# 스콘 구운 날은
## 크림티를

늘 그랬듯 빵보다는 밥을 선호하지만 갓 구워낸 빵을 참 좋아한다. 구워내는 냄새부터 매혹적이지 않은가. 오븐 안에서 봉긋하게 부풀어 오르는 모습은 그렇게 또 흐뭇할 수가 없다. 차를 우려내는 것도, 음식을 만드는 것도, 그리고 빵을 만드는 것도… 손으로 하는 모든 것은 일상 속에서 누릴 수 있는 작은 힐링이다.

베이킹을 한 번도 배워본 적은 없지만 어깨너머로 보고 들은 것을 바탕으로 웬만한 건 다 만들어 먹는다. 인스턴트 이스트를 최소한으로 사용해서 만드는 반죽 방법을 사용하여 딸이 좋아하는 올리브 식빵 혹은 올리브 치아바타를 만들기도 하고, 우리밀과 통밀을 사용하여 밤새 발효시켜 아침에 구워내는 무반죽 빵도 만든다. 쌀쌀한 바람이 불기 시작하면 시나몬롤도 구워 먹고 사과가 한창일 땐 애플 크럼블을 구워 애플티 한 잔과 함께 곁들이기도 한다. 르뱅(순전히 밀가루로만 만든 천연 발효종)을 만들어 사워도우 빵을 야심 차게 만들어 먹기도 했다.

그중에서 무엇보다도 자주 만들어 먹는 건 스콘이다. 반죽 자체가 워낙 쉬운 데다, 갓 구워냈을 때의 부드럽고 폭폭한 스콘의 향기가 집 안 가득한 그 순간이 참 행복하기 때문이다. 그리고 막 우려낸 차 한 잔에 곁들이기에 이보다 좋은 티 푸드는 없다. 따끈할 때 반을 갈라 크리미한 클로티드 크림과 집에서 만든 딸기잼을 얹어 한 입 베어 물고 뜨거운 홍차 한 잔을 곁들여 마시면 온 세상을 가진 기분이다. 차를 좋아하는 우리 가족은 스콘을 한 바구니 구워내면 너 나 할 것 없이 테이블에 둘러앉아 티타임을 기다린다.

통밀가루와 밀가루를 적당히 섞어서 깍둑썰기한 버터와 함께 뒤적여준다. 비정제 설탕과 알루미늄 프리 베이킹파우더는 최소한으로 넣고 소금도 조금 넣어준다. 스크레이퍼scraper로 버터가 소보루가 될 정도로 잘라주듯 섞어주고 달걀도 하나 풀어 섞은 후 우유를 조금씩 넣어 반죽의 질기를 맞춘다. 반죽을 하나로 뭉쳐 냉장고에 잠시 휴지시키는 동안 뒷정리를 하며 오븐을 예열한다. 고작 스콘 6개가 겨우 구워지는 그야말로 미니 오븐이지만 작은 고추가 맵다고 강력한 파워를 자랑한다. 봉긋하게 잘 부풀어 오를 뿐만 아니라 '빵!' 하고 먹음직스럽게 옆구리도 잘 터진다.

조금이라도 건강하게 먹고자 우리밀 통밀가루를 섞는다. 설탕은 이왕이면 비정제 설탕을 사용하고 몸에 쌓이면 좋지 않다는 알루미늄이 없는 베이킹파우더를 사용한다. 요즘은 비건 베이킹이 인기라 계란이나 버터, 우유를 넣지 않은 스콘도 많이 만드는데, 자주 먹는 게 아

닌 만큼 이왕이면 오리지널에 가까운 풍성한 맛의 스콘을 즐긴다. 제대로 배운 베이커가 아닌 홈 베이커이다 보니 비건 스콘은 파는 것처럼 맛깔나게 만들기에 아직 무리가 있는 것도 사실이다. 하지만 이름만 들어도 살살 녹아버릴 것 같은 버터를 워낙 좋아해서 모든 것을 한 입에 누리고 싶다. 버터의 풍미가 가득한 따끈한 스콘과 보드라움을 이루 말할 수 없는 클로티드 크림, 그리고 달콤한 딸기의 유혹이 가득한 딸기잼 삼박자가 들어맞아야 만족스러운 크림 티타임이 완성된다.

크림 티타임에는, 나는 습관적으로 아쌈 홍차를 곁들이곤 한다. 홍차만 우려서 마시는 스트레이트 티로 즐겨도 좋고 조금 더 진하게 우려서 우유를 부어 마시는 밀크티로 즐겨도 좋기 때문이다. 다양한 브랜드의 아쌈을 좋아하지만 내가 가장 좋아하는 아쌈은 '테일러스 오브 헤로게이트'와 '더 타오 오브 티'의 아쌈, 그리고 '압끼빠산드'의 아쌈 밀크티이다. 세 가지 모두 홍차 초보자였던 시절부터 좋아하던 아쌈인데 오랜만에 다시 마셔도 변함없이 맛있다. 테일러스 오브 헤로게이트의 아쌈은 영국의 진중한 신사를 닮아 있고, 더 타오 오브 티의 아쌈은 아쌈 중에서도 굉장히 좋은 차나무 종자를 사용하여 고급 카카오에서 느껴지는 깊고 짙은 풍미와 향긋함이 일품이다. 압끼빠산드의 아쌈 밀크티는 인도 브랜드인 만큼 아쌈 ctc에서 누릴 수 있는 최고의 풍미를 선사한다.

출출한 오후 시간이 되면 오븐에서 갓 구워낸 스콘을 꺼내어 테이블 위에 올려둔다. 방으로 스멀스멀 흘러들어 가는 스콘 냄새를 맡고 모이는 아이들과 둘러앉아 차를 우린다. 아이들은 짙게 우러나는 아쌈 홍차를 그냥 즐기기도 하고, 밀크저그(홍차를 마실 때 곁들이는 우유를 담아 내기 위해 사용하는 도구)를 들어 우유를 넣고 뭉게뭉게 피어나는 우유 구름을 즐기며 밀크티를 마시기도 한다. 애프터눈 티의 원조라고 알려져 있는 베드포드 공작부인이 그랬듯 우리도 함께 모여 오후의 허기짐을 달래본다.

하루에서 가장 바쁜 시간을 보낸 후 살짝 출출해지는 오후의 이 시간, 엄마가 내어준 따끈한 스콘과 밀크티 한 잔이 먼 훗날 아이들이 떠올릴 수 있는 마음 따스한 추억이 될 수 있다면 참 좋겠다. 차를 마시며 배시시 웃는 아이들의 머리를 쓰다듬어 본다. 나에게 크림티는 아이들의 다정한 웃음과도 같다. 이처럼 달콤하고 이처럼 보드라울 수가 없다. 테이블 위로 쌓여가는 우리의 추억이 하나 더 더해진다.

°

## 크림티란

크림티란 스콘에 클로티드 크림, 잼, 그리고 밀크티를 곁들인 티타임을 말한다. 영국의 데본과 콘월 지역에서 즐겨 마신나고 해서 데본셔 크림티, 코니시 크림티라고 부르기도 한다. 데본 지역에서는 스콘을 반으로 갈라 클로티드 크림을 얹은 후에 잼을 얹고, 콘월 지역에서는 잼을 얹은 후에 클로티드 크림을 얹는다고 한다. 실제로 해보면 입안에 부드러운 크림이 먼저 들어오는지, 달콤한 잼이 먼저 들어오는지에 따라 풍미가 차이가 난다. 개인적으로 밀크티로 즐길 때에는 콘월 방식이 홍차만 스트레이트티로 즐길 때에는 데본 방식이 어울린다고 생각한다.

。
영
국
식
밀
크
티
만
들
기

불에 올려 끓이는 로얄 밀크티나 짜이가 번거로울 때는 간편한 영국식 밀크티가 좋다. 특별한 준비물 없이 머그잔 하나로 영국식 밀크티를 만들어 보자.

재료
티백 1개, 물 180ml, 우유 조금, 설탕 취향껏

1. 잉글리시 브랙퍼스트 티, 아쌈 티, 요크셔골드 티처럼 진하게 우러나는 티백에 뜨거운 물을 붓고 우려낸다.

2. 냉장고에서 꺼낸 우유, 혹은 상온의 우유를 소량 넣는다. 믹스 커피 색깔이 나면 성공.

3. 그대로 마셔도 좋지만 취향에 맞게 설탕을 넣어도 좋다.

아들은

요리사


      SNS에서 가장 많은 '좋아요'를 받는 피드 중의 하나는 바로 나의 아들에 대한 이야기다. 아들은 어릴 때부터 조심성과 감수성이 남다른 아이였다. 누가 가르쳐주지도 않았는데, 걸어 다니면서부터 다른 사람들이 벗어놓은 신발을 가지런히 두는가 하면 산책길 꽃 앞에 한참을 서서 향을 맡기도 했다. 어린이집에 가기 시작하면서부터는 매일 아침 아파트 화단에 피어난 작은 꽃을 한 송이씩 따서 선생님을 갖다드렸다. 초등학교 하굣길에 마중을 나가면 저 멀리 쪼그리고 앉아 솟아오른 새싹과 꽃망울의 사진을 찍다가 엄마를 발견하고 달려와 활짝 웃으며 사진을 보여주곤 했다. 성격이 시원시원하고 친화력도 좋아 활달하기 그지없는 딸과는 조금 다른 면모의 아들을 보면서 섬세한 그 감성을 나는 많이 칭찬해 주었다.

초등학교에 다니면서 집안에서의 가족의 역할에 대해 배우며, 아들은 유독 엄마인 나를 많이 도와주기 시작했다. 늘 쉼 없이 가족들을 위해 밥을 짓는 엄마를 위해 주말에는 남자들이 요리를 하자는 제안을 하기도 하고, 티 클래스를 하러 나가면 잘 도착했는지, 잘 오고 있는지 꾸준히 확인 전화를 해주는 다정한 아들이다. 수업을 끝내고 돌아온 나를 위해 밥을 차려놓기도 하고, 공부하던 누나가 출출하다고 하면 잽싸게 간식거리를 만들어주기도 한다. 내가 외출하기 전에는 베란다로 나가 기온을 확인하고는 "엄마, 오늘은 겉옷을 따뜻하게 입고 나가는 게 좋겠어요"라는 말을 해준다. 일상 속에서 다정함과 따스함을 마음껏 보여주는 사랑스러운 아이. 그 아이의 꿈은 꽤 오랫동안 축구선수였는데 얼마 전 요리사라는 꿈이 추가되었다.

요리에 진심인 아들은 유튜브에서 자신이 따라 하기 좋은 영상들을 찾아 자신의 요리책에 노트를 한다. 나의 도움을 청하기도 하고 때론 혼자 힘으로 하나씩 만들기도 한다. 처음에는 계란 요리를 마스터하겠다며 계란찜, 계란말이, 계란 푸딩, 계란 떡볶이를 시작으로 제법 다양한 요리들을 해냈다.

그중에서 우리가 간식으로 참 좋아하는 요리는 '추떡'이다. 추떡은 '추로스 떡'의 줄임말인데 기름을 두른 프라이팬에 현미 떡을 살짝 구워서 겉은 바삭하고 속은 말랑말랑한 상태가 되면, 비닐에 넣고 시나몬 가루와 설탕을 넣어 버무리는 간단한 요리이다. 평소에도 늘 전기를 아껴 쓰고 휴지와 일회용품을 자제하며 환경을 생각하는 생활을 하다 보니 비닐 대신 큰 볼에 재료를 다 넣어 섞는다.

간단한 요리이지만 든든한 간식이 되어주는 현미 추떡을 나와 딸은 참 좋아한다. 그래서 오후의 티타임에 종종 티 푸드로 곁들이는 것이 바로 이 추떡이다. 요리하기를 좋아하는 아들은 우리의 요청이 있으면 언제든 현미 추떡을 만들어준다. 혼자서 주방에 들어가 바스락바스락, 탁탁, 톡톡… 이런저런 소리가 가득한 주방에서 달콤하고 향긋한 냄새가 온 집 안에 퍼지기 시작한다.

그러면 나는 자리에서 일어나 전기 포트에 물을 끓이고 차를 마실 준비를 한다. 추떡에 곁들일 차는 뭐니 뭐니 해도 육계이다. 앞서도 말했듯이 중국차 중에서도 우롱차, 우롱차 중에서도 복건성 무이산에서 만들어지는 차를 무이암차라고 하는데 그중에서 육계는 '계피'의 계를 따온 만큼 시나몬이 들어간 티 푸드랑 잘 어울린다. 개완에 우릴까 자사호에 우릴까 잠시 즐거운 고민에 빠진다. 개완도 자사호도 두 가지 모두 중국의 차도구인데 같은 차라도 어느 차도구에 우리느냐에 따라 차의 풍미가 확연히 달라지기 때문이다. 조금 더 향긋하게 즐기고 싶은 날에는 개완을, 조금 더 묵직하지만 부드럽게 즐기

고 싶은 날에는 자사호를 선택한다.

자사호는 중국 의흥 지역의 자사라는 흙으로 만든 차 도구인데 보통 작은 사이즈로 만들어 유약 처리를 하지 않은 다관을 뜻한다. 제대로 된 좋은 흙으로 만든 자사호는 가격이 싸진 않지만 그만큼 오랜 세월을 함께하며 '양호'해가는 즐거움이 있다. 양호란 매일 자사호에 물을 부어주고 한 가지 종류의 차를 우려내며 자사호를 길들여가는 것을 말한다. 오랜 세월 한 가지 차를 우려낸 자사호에는 물만 부어도 그 차의 맛이 난다고 하는데, 유약 처리를 하지 않은 만큼 차의 맛과 향이 배어들어 잘 어울리는 다관이 완성되는 것이다. 그런 만큼 흙이 너무 중요해서, 다른 성분들이 들어간 자사호를 잘못 사게 되면 오히려 건강을 해칠 수도 있으니 주의하는 것이 좋다.

"엄마, 누나, 다 됐어!"

아들이 우렁찬 목소리로 엄마와 누나를 부른다. 아들은 그날의 분위기에 맞추어 마음에 드는 그릇을 골라 떡을 하나하나 예쁜 모양으로 담아 놓는다. 시나몬 향기가 그득한 추떡을 한 입 베어 물고, 막 우려낸 육계를 한 모금 마신다. 입안 가득 시나몬의 향기가 어우러지고 쫀득한 떡의 고소함이 퍼진다. 육계의 화향 덕분에 더욱 기분 좋은 잔향이 남는다. 다시 떡을 한 입 베어 물고 육계를 마신다. 딱 좋다. 아이들도 행복한 표정으로 연신 추떡을 먹고 차를 마신다. 작은 입술과 작은 손들이 바삐 움직인다.

육계는 인절미나 흑임자 등 다양한 떡과 궁합이 잘 맞는 편이지만 아들이 만들어 준 추떡과의 궁합은 그 어디에도 비할 수가 없다. (보통, 아들이 가장 한가한 목요일 오후가 우리의 추떡 티타임이 되곤 한다) 목요일 아침부터 이 시간을 손꼽아 기다린다. 요리사가 꿈인 아들이 해주는 티푸드에 차를 곁들이는 즐거움은, 그 어떤 티타임보다도 달콤하다. 한 주의 마무리를 향해 열심히 달려가던 길에 잠시 쉬었다 갈 수 있는 작은 오아시스 같은 시간이다.

。
추떡 만들기

아들이 〈하루 한 끼〉에서 보고 나름의 글로 적어
둔 레시피이다.

재료
떡볶이떡 두 줌, 설탕 1스푼, 시나몬 가루 1/2스푼

1. 떡을 프라이팬에 살짝 구워준다.

2. 떡이 구워지면 볼에 시나몬 가루와 설탕을 넣고
   잘 섞어준다.

3. 그릇에 예쁘게 담아 뜨거울 때 맛있게 먹는다.

# 라떼는 말이야

인도에 가기 전 혼자서 많은 고민을 했었
다. 떡 줄 사람은 생각도 하지 않는데 김칫국부터 마시는
격이긴 했지만 아이들 욕심이 많은 편인 나는 인도에서
머무는 시간이 아니면 셋째를 가질 기회가 없을 것 같다
고 생각했다. (신랑이 알면 어이없어 헛웃음을 터트렸을 셋째
에 대한 고민을 나 홀로 했었다) 결과적으로는 마음을 접고

인도에서 두 아이와 신나게 여행을 다니며 인도의 문화를 즐기다 왔고, 또다시 스멀스멀 셋째 생각이 나긴 했지만 꾹 참고 대신 셋째를 입양하기로 했다. 그게 바로 우리 집 셋째, 라떼이다. 어린 시절 털 색깔이 카페라떼의 색을 닮았다고 해서 붙인 이름이다.

반려동물을 키우는 것은 지극히 개인적인 취향이다. 물론 세상사 모든 것이 그렇듯 양날의 검처럼 좋은 점도 있지만 그만큼 불편한 점이나 힘든 점도 있을 수밖에 없다. 그럼에도 불구하고 반려동물의 좋은 점을 꼽자면 가장 처음으로 들 수 있는 것은 '따뜻한 위로'가 아닐까 싶다.

지금을 살아가는 우리 모두에게는 작은 온기, 따스한 위로가 참으로 필요하다. 내가 어떤 힘든 일이 있고 슬픈 일이 있다 해도 이 복실복실한 작은 생명체는 얼굴 가득 웃음을 머금고 꼬리를 한껏 흔들며 달려와 내게 안긴다. 나를 아무 조건 없이 무한정으로 사랑해주는 이 생명체의 온기가 내 모든 감정을 녹아내리게 만들고 곧 따스함으로 채워준다. 마치 한 잔의 차와 같이 말이다. 나에게

한 잔의 차는 때론 온기가 되어주고 위로가 되어주니까. 라떼의 존재는 나에게 삶의 위로이자 온기이다.

테이블에 둘러앉아 차를 한 잔 마시면 라떼가 코를 킁킁거리며 테이블 주변을 어슬렁거린다. 도란도란 이야기를 나누는 가족들 틈에 함께하고 싶어 하는 모습이 역력하다. 손을 뻗어 안아 올려주면 만족스러운 표정으로 내 무릎 위에 앉아 우리의 찻자리에 함께한다. 소량이라 할지라도 반려동물에게는 카페인이 위험할 수 있기에, 차는 주지 않지만 가족 티타임에 라떼는 항상 함께한다. 의젓하게 앉아서 우리의 티타임이 끝나기까지 기다려 준 라떼에게 산책이라는 보상이 있다는 것도 알고 있는 듯하다.

햇살이 내리쬐는 오후가 되면 아이들과 집 앞 공원에 다녀온다. 라떼의 산책이라는 핑계로 우리도 함께 산책하고 운동을 한다. 산책을 좋아하는 라떼가 잔뜩 흥분해서 배변을 하기라도 하면 딸아이는 능숙하게 배변을 치운다. 아들은 그 봉투를 들고 쓰레기통으로 달려가 버리고 온다. 산책길 나의 손에는 언제나 시원한 아이스 티가 들려 있다.

차를 우리고 난 후의 젖은 찻잎을 엽저라고 한다. 보통 차를 마시고 난 그 엽저를 그냥 버리기 아깝다는 분들이 많은데, 엽저를 다시 한번 활용하는 방법은 간단하다. 엽저를 면으로 된 티백이나 다시백에 담아 유리병에 넣은 후 물을 가득 채우고 냉장고에 넣어두면 남은 찻잎의 성분이 우러난다. '냉침'이라고 하는 이 방법을 통해 아이스 티가 완성된다. 아침에 가족 티타임을 마치고 난 후 나오는 엽저는 전부 이렇게 아이스 티로 재탄생을 하고, 오후의 산책길에 하나씩 꺼내어 들고 나간다.

이렇게 만들어진 아이스 티는 일반적으로 생각하는 달콤한 티가 아니라 차 본연의 풍미를 느낄 수 있는 아이스 티이다. 물론 우리지 않은 새 찻잎으로 만들어도 좋지만 일단 뜨거운 물로 우려낸 차를 다 마신 후에 가볍게 그 엽저로 냉침하는 것을 추천한다. 찻잎을 여러 번 충분히 사용할 수 있기도 하고 한층 부드럽고 편안한 아이스 티를 즐길 수 있기도 하기 때문이다.

열이 많은 아들은 라떼와 산책을 할 때나 축구나 운

동을 하고 돌아온 후에, 냉장고 문을 벌컥 열고 이렇게 냉침을 해둔 아이스 티를 벌컥벌컥 들이킨다. 흔히들 많이 마시는 탄산수나 탄산음료, 혹은 과일청이라는 이름 아래 설탕이 잔뜩 들어간 음료보다 훨씬 자연스럽고 건강한 음료가 아닐 수 없다. 이 순수하고 자연스러운 아이스 티에 익숙해진 아이들과 신랑은 인공적인 단맛과 탄산을 자연스레 멀리하게 된다.

라떼의 산책길에 함께하는 우리의 아이스 티. 우리 가족은 오늘도 반려견과 차라는 두 가지 든든한 삶의 위로와 온기를 갖추고 하루를 보낸다. 우리가 라떼를 책임지고 키우는 듯하지만 실은 마음속 깊은 곳까지 따스해지는 우리의 일상을 라떼가 책임지고 있다.

°
엽
저
냉
침
하
기

우리고 난 찻잎을 다시백에 담은 후 유리병에 넣어 찬물을 부어준다. 그대로 냉장고에 넣어두고 일정 시간이 지나면 꺼내 마신다.

4~5g / 300ml / 4~5시간 이상

BFF

"엄마, 나랑 제일 친한 친구는 누군지 알
아?"

"글쎄, 누굴까?"

"누구긴, 엄마지!"

올해 중학생이 된 딸아이가 14년간 변함없이 나에게

하는 말이다. 자신의 가장 친한 친구는 엄마이고 자기가 결혼하고 아이를 낳아도 절대 변하지 않을 거라는 그 말. 재잘재잘 언제나 자신의 이야기를 나누고, 고민거리를 털어놓고, 해맑은 웃음을 지으며 나에게 폭 안긴다. 물론 조금 더 커서 사춘기를 겪고 성인이 되면 지금과는 또 다른 모습이겠지만 커가는 그 모든 과정을 사랑한다. 그리고 내가 자신의 BFFBest Friend Forever라고 말하며 눈만 마주쳐도 하트를 날려주는 지금의 이 모습 또한 너무나 사랑한다.

학교에서 가끔 존경하는 사람 혹은 가장 친한 친구에 대한 과제를 받으면 딸아이는 어김없이 나를 선택한다. 한번은 자신이 가장 존경하는 인물로 나에 대한 글을 써서 가져온 적이 있었는데, 딸아이가 내 일거수일투족과 삶의 가치관을 이처럼 낱낱이 꿰뚫고 있을 줄은 몰랐다. 무척 감동스러워서 울컥함과 동시에 정말 더 잘 살아가야겠다는 다짐을 했던 날이다. 나의 소중한 딸이 나를 인생의 롤 모델로 삼고 있다는 사실은 나에게 또 하나의 신선한 자극이 되어주었다.

아이들이 태중에 있을 때부터 육아에 대한 나만의 가치관을 꼿꼿하게 세운 편이다. 아이들이 어릴 때는 신랑과 의논하며, 그리고 아이들이 의사 표현을 하기 시작한 후로는 아이들과도 소통하며 모든 의사 결정을 함께했다. 가장 중요한 것은 아이들의 의견이니까. 먼저 살아본 부모는 방향과 조언을 제시해줄 수는 있지만 아이의 인생이라는 점을 기억하자는 게 나와 신랑의 교육 철학이다. 우리가 바라는 아이들의 모습은 주체적인 삶을 살 수 있는, 꿈이 있는, 좋아하는 것을 하는 행복한 사람이다.

디지털 세상에서 태어난 아이들이다 보니 스마트폰이나 패드를 옆에 두는 일이 무척 자연스럽다. 아날로그와 디지털을 모두 살아본 나와 신랑은 여느 부모처럼 그런 부분에서 늘 고민을 많이 하게 되는데, 주말 하루 정도는 마음껏 풀어주기로 했다.

주말 게임 시간이 되면 아이들은 차를 마시며 게임을 같이 하자고 조른다. 특별한 일이 없다면 고개를 끄덕이는 나에게 아이들은 언제나 환호성을 질러준다. 찻물을 끓이고 내가 좋아하는 메갈라야의 차를 꺼낸다. 메갈라

야는 차를 좋아하는 사람들에게도 익숙하지 않은 지역인데 1970년대에 들어서 인도 정부에 의해 개발된 차 생산 지역이다. 내가 좋아하는 라키소 다원은 90년대에 시작된 프리미엄 티 다원으로 유기농의 차만 소량으로 생산해낸다. 백합의 은은한 향기와 더불어 열대과일의 달콤함과 밀크 초콜릿의 부드러움을 자랑하는 포근하면서도 상쾌한 차이다.

다르질링이나 아쌈만큼 널리 알려진 지역은 아니지만 소규모 다원의 매력이 있다. 차뿐만이 아니다. 올리브 오일도 그렇듯 대량 생산으로 만들어진 곳이 아닌, 소규모로 자기만의 색깔을 또렷하게 표현해내는 기호식품이나 식자재를 좋아하는 편이다. 아이들의 교육에 있어서도 마찬가지이다. 나만의 가치관과 색깔을 지니고 삶을 주체적으로 살아가는 것에 큰 의미를 둔다. 삶의 중요한 부분부터 자잘한 기호식품에 이르기까지 나만의 색이 묻어나는 선택을 하고자 한다.

무엇이 옳고 그르다는 것은 아니다. 어떤 가치관을 지니고 있느냐에 따라 삶은 달라질 수 있으니까. 서로 다름을 인정하는 것. 말처럼 쉬운 일은 아니지만 다르다는 것을 인정하고 살아가면 세상의 많은 것들을 넉넉하게 포용하게 된다. 같은 이름을 지닌 차조차도 어느 다원에서 누가 만들었느냐에 따라 서로 너무나 다른 풍미를 자랑하는 것처럼 말이다. 하물며 사람은 어떠할까. 개성이 잘 받아들여지는 세상이 되면 좋겠다는 생각을 한다. 그는 그대로, 나는 나대로, 우리는 우리대로, 서로 다른 각각의 사람이니까.

메갈라야 다원차를 호로록 마신다. 게임 속에서 초보자인 엄마를 자신만만하게 이끌어주는 딸과 아들은 나의 영원한 베스트 프렌드이다.

# 손 그림을
## 끄적거리는 날

　　나는 어릴 때부터 그림 그리는 걸 좋아했
다. 학창 시절, 학원이라고는 피아노 학원과 미술 학원만
다녔다. 피아노 학원은 엄마의 강요로 억지로 다녔던 곳
이라면 미술 학원은 순전히 자의로 배우고 싶어서 갔던
곳이었다. 데생부터 정물화, 수채화, 구성… 미술 학원에
만 가면 시간 가는 줄 모르고 해가 질 때까지 그림을 완

성하던 기억이 난다. 한때 잠시 미술을 업으로 삼고 싶다는 생각도 했으나 취미에 그치게 되었고, 어른이 된 지금까지도 한 번씩 끄적끄적 그림을 그리곤 한다. 색연필을 꺼내기도 하고, 아이패드 드로잉을 즐기기도 하고, 아크릴 물감을 꺼내어 진지하게 작품을 완성할 때도 있다.

그런 내가 인도에서 새롭게 그림을 배울 수 있는 좋은 기회를 얻게 되었다. 인도는 땅이 워낙에 넓어 지역별 특색이 강하며 인종과 언어, 문화가 모두 달라 문화유산 역시 풍부하다고 할 수 있다. 특히 인도의 민화는 지역별로 그 종류가 다양하여 수십 가지에 이르는 다양한 그림체가 각 지역을 대표했다. 우연히 인도 민화를 접하게 된 나는 그날부터 내가 살던 첸나이에 있던 모든 서점을 뒤지고 다녔다. 인도 민화에 대한 정보를 얻고 싶어서였다. 민화의 종류에 대해 어느 정도 감이 잡힌 후에는 다양한 인도 민화 워크숍에 참여 신청을 해서 배우러 다니곤 했다.

내가 살던 곳은 남인도 지역이라, 탄조르 페인팅이라는 다소 복잡하고 어려운 인도 민화가 존재하는 곳이었다. 내가 배우고 싶은 민화들은 전부 다 북인도에서 성행하는 민화들이라 단기성으로 열리는 특별한 워크숍을 찾지 않고서는 쉽게 배울 수가 없었다. 눈에 불을 켜고 민화 워크숍을 찾아다니며 수업을 듣다 보니 선생님들과의 인연도 쌓이게 되었다. 외국인임에도 열정적으로 인도 민화에 관심을 두는 내가 기특했는지, 선생님들은 첸나이에 올 때마다 내게 연락을 주시곤 했다.

인도 민화는 힌두교라는 그들의 종교에 기반을 두고 있는 그림들이 많이 있었는데, 개인적으로 인도의 힌두교는 종교라기보다는 인도 사회의 문화와 전통으로 이해하는 편이 좋을 듯했다. 인도 안에는 힌두교뿐만 아니라 이슬람교, 천주교, 기독교 등 다양한 종교들이 존재하는데 그들의 삶의 기반은 모두 다 힌두교나 다름없다. 종교로서의 힌두교가 아닌 문화와 전통으로서의 힌두교 말이다. 그래서 인도 민화는 종교적인 색채를 띤 그림도 당연히 있었지만 인도의 역사나 자연 풍경, 삶의 모습을 그려낸 그림도 무척 많았다.

개인적으로 가장 좋아하는 인도 민화는 〈왈리〉인데 졸라맨 같은 단순한 선과 도형으로 온 세상을 담아낼 수

있는 신기한 그림이었다. 블랙 앤 화이트로 그려내거나, 벽돌색에 흰색으로 그려내거나, 한 가지 색으로 그려내기 때문에 무척 단순하지만 형용할 수 없는 매력이 있다. 〈왈리〉는 자연과 사람이 어우러져 살아가는 모습을 그려낸, 인도에서 가장 오래된 형태의 민화이기도 하다.

인도 민화의 가장 유명한 그림 중 하나는 〈생명의 나무〉이다. 나무 그림은 동서고금東西古今을 막론하고 모두에게 사랑을 받는 그림인데, 〈생명의 나무〉는 나무와 꽃, 동물들이 함께 어우러져 이 세상의 모든 생명력을 상징하기에 그런 이름이 붙었다. 또한 모든 생명 에너지의 근본이 된다고 해서 좋은 기운이 가득하다고 알려져 있기에 좋아하는 사람들에게 선물하기 참 좋은 그림이다.

왈리 외에도 마두바니, 곤드, 케랄라 벽화, 세밀화 등 다양한 종류의 민화가 존재한다. 이런 민화들은 스케치를 하고 알록달록하게 색칠한 후 펜으로 마무리까지 해야 하는 민화들이라 시간이 제법 걸린다. 아침부터 비가 주룩주룩 내리는 날이면 도화지와 연필, 물감을 꺼내어 몇 시간이고 그림을 그린다. 그날의 기분에 따라 생명의

나무를 그리기도 하고 혹은 내가 제일 좋아하는 코끼리 머리를 한 힌두교의 신 가네샤를 그리기도 한다. 가네샤란 풍요와 지혜라는 뜻으로 인도의 많은 상점 입구에는 가네샤의 그림이 걸려 있다.

차판에 중국 차호와 차를 우려낼 공도배와 찻잔을 올리고 정산소종 찻잎을 담아낸다. 비도 내리고, 정산소종 한 잔을 하면 참 좋을 듯하다. 정산소종은 영어로는 랍상소우총lapsang souchong이라고 하는데 사실 이 두 개는 같은 차를 뜻하지만 똑같다고 하기에는 만들어지는 방식이나 지역, 품종이 달라 무리가 있다. 일부러 훈연향이 짙게 만든 유럽 브랜드의 랍상소우총보다 은은하고 부드럽게 만들어진 (중국에서 직접 구매한) 정산소종이 내 취향에는 더 좋다. 물론 훈제 연어나 질 좋은 햄에 곁들이기에는 랍상소우총도 참 좋지만 차만 오롯이 즐길 때는 정산소종을 선호하는 편이다. 마카롱과 같은 섬세하게 달콤한 디저트류에도 의외로 잘 어울린다.

큰 테이블을 워낙 좋아해서 우리 집 거실에는 TV 대신 테이블이 자리를 차지하고 있다. 그림 도구와 차판까지 올려놓아도 낙낙한 우리 집 테이블이 나는 참 좋다. 평소에는 내 노트북이나 책 거치대, 아들이 갖고 노는 레고 등이 자리를 차지하기도 하지만 오늘 오후에는 나의 물건들로 채워보려고 한다. 무엇을 올려두어도 넉넉한 큰 테이블 위에 그림을 그리기 위한 도구와 차를 준비한다. 점심 식사 후 한 잔으로도 좋지만 그림을 그리며 영감을 받기에 이보다 좋은 차는 없다.

마음이 가는 대로 연필을 굴려 스케치에 몰입하다 보면 시간은 금세 지나간다. 잔잔한 음악을 틀기도 하고 창문에 부딪혀 떨어지는 빗소리를 BGM 삼아 듣기도 한다. 잠시 고개를 들고 차를 한 잔 우려 마신다. 어둑어둑한 하늘과 습기 가득한 공기 속에서 피어오르는 연기와 차향이 무척 기분 좋다. 그림을 그리며 곁들이는 한 모금의 정산소종은 달착지근하다. 그림에 잔뜩 몰입하고 있다 보면 어느새 시간이 흘러 아이들이 하교하는 소리가 들린다.

"어? 엄마 가네샤 그리네? 크리슈나는 없어?"

가네샤(코끼리 신)보다 크리슈나(사랑의 신)를 좋아하

는 아들이 묻는다. 자연스레 내가 마시던 정산소종에 손을 뻗어 마시면서 "음, 좋다"라며 씩 웃어 보인다. 마저 그림에 몰입하는 내 곁에서 정산소종을 한 잔씩 홀짝홀짝 빼앗아 마시며, 아들도 테이블 한편에 자리를 잡고 그날의 할 일을 한다.

빗소리에 차 한 잔을 곁들이며 가만히 그림에 몰두하는 시간. 나에게는 이 시간이 메마른 일상을 촉촉하게 적셔주는 단비와도 같다. 오늘따라 정산소종이 더 시원하고 달게 느껴진다.

。

## 정산소종과 랍상소우총

세계 최초의 홍차로 알려진 것이 바로 정산소종, 혹은 랍상소우총이다. 정산소종을 영어로 발음한 것이 랍상소우총이니 사실 두 개는 같은 홍차이다. 하지만 중국에서 판매되는 정산소종과 영국 브랜드에서 판매되는 랍상소우총은 전혀 다른 느낌이다. 영국에서는 상징적인 의미가 있다 보니 훈연향이 진하게 배인 중국 홍차를 랍상소우총이라 판매하고, 중국에서는 송연향을 은근하게 입혔거나 그렇지 않은 정산소종을 판매하곤 한다. 정산소종이 생산되는 지역이나 차나무 또한 차이가 있기 때문에 같은 이름이라고 해도 전혀 다른 풍미를 선사할 수밖에 없다. 같지만 다르다고 할 수 있고 다르지만 또 같다고는 할 수 없는 차이다.

이는 비단 정산소종에 해당되는 것뿐만은 아니다. 같은 이름 아래 떼루아의 차이에 의해서도 서로 다른 차들이 만들어지기 때문에 차는 무궁무진하다. 같은 이름 아래에도 이렇게 다양한 차들이 존재하니 온 세상의 차는 얼마나 더 다양할까. 나의 취향을 찾아 떠나는 여정은 언제나 즐겁다.

여 왕 의

애 프 터 눈  티

세상을 살아가는 데 있어서 가장 버려야 할
태도 중 하나는 편협한 사고라는 생각을 한다. 단적인 예
로 차 생활을 할 때 늘 문을 활짝 열어 다양한 차를 받아
들이면 고를 수 있는 차의 종류가 훨씬 더 많아지고 일상
도 풍요로워진다. 개인마다 잘 즐길 수 있는 '차'의 기준
은 다르겠지만 나 같은 경우는 일반적인 브랜드 티부터

중국차와 대만차, 루이보스차나 허브차, 우리나라 대용차, 아유르베다 티 등 모든 종류의 차를 즐기는 편이다. 각각의 차마다 기본적으로 맛과 향으로 표현되는 풍미가 다르지만 무엇보다도 그 차가 품고 있는 감성과 이야기가 다르다.

가장 손쉽게 구할 수 있는 브랜드의 차를 시작으로 중국차를 두루 즐기기 시작하면서 브랜드 차에 비해 중국차를 훨씬 더 자주 즐기고 있는 건 사실이다. 하지만 그럼에도 마치 클래식으로 치자면 바흐의 곡을 듣는 듯한 느낌의 영국 브랜드 홍차라든지, 파리 에펠탑 아래 카페에 앉아 샹송을 들으며 즐겨야만 할 것 같은 화사하고 우아한 프랑스 브랜드의 가향차라든지, 신선하고 감각적인 블렌딩으로 오감을 자극하는 신생 브랜드의 새로운 차들이 다양한 자극과 영감으로 나를 채워준다.

어느 날 오후가 되면 문득 한 번씩 클래식한 영국 브랜드인 '포트넘 앤 메이슨'의 로얄 블렌드, 혹은 영국 여왕의 이름을 따서 만든 퀸 앤 블렌드와 같은 홍차가 생각난다. 굳이 중국차에 비유하거나 프랑스의 차와 비교하자면 놀라울 정도로 단순하고 직선적인 풍미를 지니고 있음에도 한 번씩 그 맛이 고프다. 달달한 스윗츠류보다 짭조름한 맛에 더 집중된 세이보리(달콤한 디저트와 상반되는 의미로 보통 짭짤한 음식을 뜻한다)를 좋아하는 편이지만, 평소보다 고된 아침 시간을 보낸 날이라면 달콤한 티 푸드를 하나 곁들이고 싶은 마음이 든다.

사실 질 좋은 중국차를 주로 즐기는 이유 중 하나는 흔히 티 푸드라는 이름으로 불리는 달콤한 다과류를 즐기는 편이 아니기 때문인지도 모르겠다. 그 풍미가 워낙 복합적이라, 차만 오롯이 즐기기에도 좋은 중국차들에는 가끔 견과류나 떡과 같은 다식을 함께하지만 주로 차의 풍미에 집중하며 마시곤 한다. 브랜드의 홍차는 달콤한 티 푸드를 곁들였을 때 그 즐거움이 배가 된다. 티 테이블 위에서 만나는 홍차와 티 푸드의 페어링은 생각지도 못한 미각의 즐거움을 주기도 한다.

포트넘 앤 메이슨의 퀸 앤을 한 잔 우려내는 동안 빅토리아 케이크를 빈티지 플레이트에 담아낸다. 빅토리아 여왕이 즐겨 먹었다고 해서 붙여진 빅토리아 케이크

는 '빅토리아 스펀지' 또는 '빅토리아 샌드위치 케이크'라는 이름으로도 불리는데 스펀지케이크 사이에 잼과 크림을 넣은 것이다. 빅토리아 여왕은 잼만 넣어서 즐겼다는 설도 있고, 빅토리아 시대에 베이킹파우더가 발명되면서 지금에 이르기까지 그 형태가 다양하게 변화되었다고 한다.

폭신폭신한 스펀지케이크 사이에 라즈베리 잼과 크림이 듬뿍 들어가 있어 보기만 해도 침샘을 자극하는 먹음직스러운 빅토리아 케이크. 마침 집 근처에 내가 좋아하는 빅토리아 케이크를 파는 곳이 있어 달콤한 무언가가 생각날 때면 그곳에 들르곤 한다. 아끼는 로젠탈의 빈티지 플레이트 위에 빅토리아 케이크를 얹고 애정하는 빈티지 실버웨어인 디저트 포크를 꺼내어 함께 테이블 위에 놓는다. 우러난 퀸 앤 홍차를 찻잔에 따르는 소리가 경쾌하다.

햇살 가득한 거실 테이블에서, 여왕이 애프터눈 티를 즐기듯 그렇게 우아한 혼티 타임을 가져 본다. 엄마이기에 우아함은 더 간절한지도 모르겠다. 아이들과 함께하는 시간이 우아해지기란 쉽지 않은 일이니까. 엄마가 아닌 여왕이 되는 시간을 즐겨본다. 달콤하고 촉촉한 빅토리아 케이크와 퀸 앤 홍차의 어우러짐은 한 편의 협주곡과도 같다.

애청하는 KBS 클래식FM을 틀면 〈명연주 명음반〉이 흘러나온다. 어쩜 이렇게 주옥같은 곡들만 선별해서 틀어주시는지. 내가 아는 좋은 차들을 모르는 이들과 나눌 때 몹시 즐거운 것처럼 자신이 아는 좋은 곡들을 라디오라는 매개체를 통해 나누어주는 그분들도 분명히 즐거울 거란 생각을 해본다. 아이들이 돌아오기 전, 달콤한 티푸드와 우아한 홍차 한 잔의 페어링을 즐기며 누리는 이 시간은 나만의 작은 힐링티타임이 되어준다.

## 티 테라피

　　현대인들은 모두 바쁘다. 일로든, 육아로
든, 살림으로든 누구 하나 바쁘지 않을 사람이 없다. 바
쁘다는 것은 그만큼 몸과 마음을 돌볼 시간이 없다는 뜻
이기도 하다. 끊임없이 생각해야 하고 세상의 빠른 속도
와 흐름을 따라잡기 위해 우리의 머리가 쉬어갈 틈이 없
다. 그야말로 '여유'를 가질 수 없는 현대인들은 쉬어갈

시간을 찾기 위해 한 잔의 차라든지 캘리그라피라든지 그림과 같은 취미 생활을 누린다. 그 시간을 통해 마구잡이로 떠오르는 여러 생각을 멈추고 머릿속을 비워내며 한 가지에 몰입할 수 있는 것이다. 그러한 상태를 우리는 마음챙김, 즉 마인드풀니스라고 한다.

근대화가 시작되기 전인 불과 몇백 년 전에는 서예를 하거나 시를 짓거나, 방짜유기를 닦거나, 빨래터에서 빨래를 하는 일에 몰입하는 시간이 매일 반복되었다. 단순 노동을 하거나 일상 예술에 몰입하는 행위는 아무 생각 없이 머리를 비울 수 있는 아주 좋은 명상 중의 하나라고 생각한다. 지금은 집안일의 대부분을 기계가 도와주고 있어 시간이 더 많아진 듯하지만, 아이러니하게도 우리는 더욱더 여유를 누릴 틈이 없다.

나는 그 이유를 나에게 오롯이 몰입할 시간이 없기 때문이라고 생각한다. 내 마음의 소리에 귀를 기울이고 나를 돌보는 일은 삶을 살아가는 데 있어 꼭 필요한 시간이다. 나 자신의 몸 상태와 마음 상태를 가장 잘 알 수 있는 것은 바로 나 자신이기 때문이다. 스스로를 끊임없이 관찰함으로써 나 자신의 취약한 부분을 빠르게 찾아내고 치유할 수 있다. 그래서 나는 매일의 일상 속에서 작은 틈을 만들어 나 자신에게 오롯이 몰입할 시간을 반드시 갖는다. 매일 나에게 일정한 시간을 할애한다는 것은 별 것 아닌 듯하지만 실제로는 삶을 훨씬 더 풍요롭게 만들어주는 일이다.

오전 티 클래스를 마치고 집으로 돌아오면 아이들이 없는 틈에 잠시 나 혼자만의 시간을 누리게 된다. 그러면 나는 인도에서 데려온 코끼리 디퓨저에 물을 채우고 그날 내가 필요하다 싶은 아로마 오일을 골라 두세 방울 떨어트린다. 화를 다스리거나 마음의 평안을 얻고 싶을 때는 베르가모트나 라벤더 오일을, 기분전환이 필요할 때는 장미 오일을, 감사한 마음을 갖고 싶을 때는 재스민 오일을, 환기를 시키고 싶거나 코나 목이 답답한 날은 유칼립투스나 프렌치 사이프러스 오일을, 디톡스가 필요한 날은 프랑킨센스 오일을 고른다. 물에 떨어트린 에센셜 오일은 과하지 않고 은은하게 온 집 안을 향기로 채운다.

깊은 호흡을 통해 마음의 안정을 잠시 누린 후 전기

포트에 물을 끓인다. 아로마 오일도 참 좋아하지만 무엇보다도 내가 좋아하는 것은 티 테라피이다. 일상찻집에서 차 명상이나 아유르베다 클래스를 진행할 때도 빼놓지 않는 것이 바로 차향으로 마음을 치유하는 시간이다. 오랜 지인인 신경희 작가님께서 만드신 보듬이를 꺼내어 두고 그날 향기를 온몸으로 받아들이고 싶은 차를 하나 고른다. 차 본연의 향을 느끼고 싶은 날은 봉황단총을 고르고, 백차를 베이스로 해서 다양한 꽃과 향신료가 블렌딩이 된 차라든가 향긋한 허브만 블렌딩이 된 차를 고르기도 하고, 장미 꽃잎이 흐드러지게 피어 있는 우롱차를 고르기도 한다. 영국의 얌차라든지 인도의 티 트렁크와 같은 브랜드의 차를 선호하는 편이다.

신경희 작가님의 보듬이는 생김새를 보면 이름과 정확하게 매치가 되는 형태를 띠고 있다. 일반 찻잔보다 훨씬 크고 말차 다완보다는 훨씬 부드러운 곡선으로 이루어져 있어서 두 손으로 감싸면 손안에 폭 들어오는 형태의 잔이다. 겨울철 아침이면 우리 집 아이들은 보듬이를 찾는다. 보듬이 안에 뜨거운 차가 들어가면 감싸 쥐는 손으로 그 온기가 전해져서 온몸이 따스해진다. 보듬이에 담긴 차를 마시고 등굣길에 나서면 그렇게 따뜻할 수가 없다고 아이들은 말한다.

보듬이는 피어나기 직전의 꽃처럼, 입구가 살짝 안으로 모여드는 형태를 띠고 있어서 차 명상을 할 때 이보다 좋은 잔이 없다. 뜨거운 물로 보듬이를 예열하고 정성스레 우려낸 차를 담아 그 향을 한껏 음미해 본다. 두 손으로 차의 온기가 전해지고, 숨을 들이쉴 때마다 차향이 온몸을 훑고 지나가는 기분이 든다. 프라나야마 요가 호흡을 통해서 향기를 깊이 들이마시면 온몸의 긴장이 풀리고 이완됨이 느껴진다. 나른할 정도의 기분 좋은 이완을 경험한 후에 천천히 보듬이에 입술을 대고 차를 흘려 들여보낸다. 뜨겁고 향긋한 차가 입술과 목을 거쳐 나의 몸 안으로 들어가는 과정이 또렷하게 느껴진다. 오감이 생생하게 살아 있는 이 순간이 참 좋다.

멀티 플레이어가 인정받고 많은 것들을 짧은 시간에 해내는 것이 중요한 세상이지만, 단 한 순간이라도 한 가지에 집중할 수 있다면 나 자신은 충만해진다. 미국에서

마인드풀니스 수업을 할 때는 차가 아닌 초콜릿과 같은 작은 먹거리를 사용하는 일이 많지만, '향기'처럼 빠르게 뇌로 전해져 기분전환을 일으키는 요소는 없다. 그래서 가장 자연스럽게 전해질 수 있는 차의 향기를 사용하는 것이 바로 일상찻집에서 행하는 티 테라피의 이유이다.

수업 시간에만 티 테라피를 활용하는 것이 아니다. 아무리 좋은 것이라도 실제로 내가 경험하고 느끼지 않는다면 전달하기 어렵다. 나의 삶이 전반적으로 안정적이고 균형이 잡혀 있는 것은 오후의 티 테라피와 같은 나를 돌보는 시간이 있기 때문이다. 요가와 아유르베다 라이프스타일, 티 테라피와 같은 습관적인 행동을 매일 반복해온 지 몇 년이 지난 지금은 나의 변화를 스스로 인정하고 칭찬한다. 사람은 변하지 않는다는 말이 있지만 사람은 노력으로 변할 수 있다는 것을 깊게 깨닫게 되었다.

꽤 다혈질이고 감정 기복이 심한 편이었던 나는, 그런 단어들과 꽤 거리가 멀어졌다. 물론 한 번씩 화를 이기지 못해(이런 일들은 보통 가장 가까운 가족들과의 관계에서 드러난다) 언성을 높이는 일이 있기는 하지만 연례 형

사처럼 정말 가끔 있는 일이다. 그 외에는 특별히 나를 화나게 만들거나, 짜증이 나게 만들거나, 좌절하게 만드는 요소들이 없어졌다.

'띠띠띠띠' 현관문을 누르는 소리가 들리고 나만의 티 테라피 시간이 끝이 난다. 나는 활짝 웃으며 아이를 반겨준다. 잠시 쉬어가며 돌보아 준 나의 마음은 활력으로 가득 충전되었다. 긴 머그잔에 좋아하는 차 한 잔을 우린다. 차향에 모든 것을 집중하고 그 외의 모든 것을 비워낸 후, 그 시간을 충만하게 누리는 것. 한 잔의 차로 내 삶의 여유와 평화를 찾을 수 있는 시간이다.

。

## 보듬이_신경희 작가님

신경희 작가님의 보듬이는 이름과 꼭 닮은 찻그릇이다. 양 손으로 보듬이를 보듬고 있으면 마음이 편안해진다. 따스한 차를 담아내면 온기가 전해져 온몸이 금세 훈훈해진다. 신경희 작가님께서 첫 번째로 보듬이를 선보이셨던 전시회에서 두 개의 보듬이를 품어왔고, 그 다음 해 조금 더 화사하게 피어난 보듬이를 두 개 더 품어왔다. 아유르베다 수업이나 차 명상 수업에 나는 보듬이를 꺼낸다. 넉넉한 크기에 차를 담아 향을 오롯이 느끼기에 좋고, 차의 온기가 고스란히 양손으로 전해지는 느낌 또한 좋다. 차가 쉬이 식지 않아 차향을 즐기기에도 차 맛을 즐기기에도 이보다 더 좋은 찻그릇은 없으리라. 무언가를 보듬는 행위 자체만으로도 힐링을 주는 그런 찻그릇이다.

○　저녁의 차

차 생활이 습관이 된 아이들은 저녁 시간에도
얼굴을 맞대어 차 한 잔을 하고 싶어 한다.
디왈리와 같이 초를 가득 켜둔 빛의 축제에는
특히 무언가를 더 기대하는 초롱초롱한
눈빛을 보낸다.

VOYAGE AGRÉABLE

L'INFINE IMMENSITÉ DES ESPACES QUE J'IGNORE ET QUE

# 우리 집 거실은
## 북카페

　　　　　TV가 없어 공간이 확보된 우리 집 거실에
는 언제나 큰 테이블과 책장이 자리를 차지하고 있다.
거실을 북 카페처럼 꾸미는 인테리어는 오래 전부터 우
리 집 거실의 모습이었다. 집 구조를 계절에 따라 바꾸
는 게 취미인 나는, 테이블을 이곳에도 두었다가 저곳에
도 두었다가 심심하면 가구를 번쩍 들어 구조를 싹 바꾸

곤 한다. 그 와중에 늘 변하지 않는 것은 거실의 큰 테이블이다. 거실의 테이블은 손님들이 오는 날을 제외하고는 거의 공부나 독서 등의 용도로 사용한다. 6인용 이상의 테이블을 선호하다 보니 저녁을 먹고 난 후 각자 할일이나 읽을 책을 들고 둘러앉아 차 한 잔을 마시기에도 그만이다.

어떤 차인지에 따라 카페인의 양은 달라진다. 대체로 모든 차는 커피보다 카페인 함량이 적지만 차 역시도 카페인이 들어 있기에 저녁 시간에는 차를 즐겨 마시는 편이 아니다. 저녁에 아이들이 차를 한 잔 우려달라고 하면 편안한 캐모마일이나 민트와 같은 카페인이 전혀 없는 허브차나 루이보스차, 혹은 우엉차와 같은 우리나라 대용차를 우려 마신다.

봄이나 가을과 같은 환절기에는 차탕기에 진피 백차를 한 알 넣고 온종일 우려서 마시곤 한다. 진피 백차는 백차에 귤피를 블렌딩한 차로, 온종일 우려 마시면 저녁쯤에는 차의 성분은 거의 남지 않은 진피 백차 맛이 나기 때문에 카페인 염려 없이 마실 수 있다. 한 알은 5g 정도

하는데 물 2l 이상은 거뜬히 우러나고도 남는다. 백차와 귤피가 블렌딩이 된 만큼 면역력 증강과 비타민C 섭취에 도움이 된다.

차를 우리는 시간과 그 공간을 하나의 의식처럼 존중하고 좋아하지만, 가끔 편하게 우려진 차를 홀짝홀짝 마시고 싶을 때는 차탕기처럼 편한 것이 없다. 루이보스와 귤피차를 블렌딩해서 마시기도 하고 우엉차에 생강 조각을 넣어 마시기도 한다. 모두 다 환절기에 마시면 든든한 차들이다.

진피 백차가 없다면 집에 있는 백차에 귤피 껍질을 넣고 함께 우려도 좋다. 겨울에 유기농 귤을 마시면 그 껍질을 모아 햇볕에 말린 후 프라이팬에 몇 번 섞어주고 식혀서 밀폐 용기에 담아두면 꽤 오래 보관할 수 있다. 일련의 손이 가는 작업을 참 좋아하는 편이다. 그 시간이 내 머리가 쉬어가는 마인드풀니스, 여유와 힐링을 찾아가는 시간이라고 생각하면 기꺼이 즐기게 된다.

하루의 저녁 시간을 잔잔하게 마무리하는 것은 일상에 큰 힘을 실어준다. 특별한 주제 없이 테이블에 모여 앉

아 각자의 이야기를 나누고 웃고 떠들다가 또 각자 손에 들고 있는 책에 몰두한다. 풀벌레 우는 소리와 별빛이 반짝이는 소리마저 들릴 듯한 고요한 침묵 속에서 차를 홀짝이다가 신랑이 던지는 실없는 농담 한마디에 정적이 깨진다. 그리고 또다시 책을 읽고 차를 마신다.

희한하게도 그렇게 보내는 저녁 시간은 무척이나 느리게 흘러간다. 가만히 생각해보면 하루를 살아가는 데 있어 매분 매초를 온전히 누릴 수 있는 시간이 얼마나 될까. 명상의 목적이라 할 수 있는 마인드풀니스, 마음 챙김이 실현되는 순간이기도 하다. 눈을 맞추고 미소 짓는 저녁은 하루를 마무리하는 가장 의미 있는 시간이자 내일을 살아가는 큰 힘이 되어준다.

매일 저녁 차 한 잔과 함께 쌓여가는 가족 독서 시간은 우리에게도, 아이들에게도 소중한 인생의 자산이 되어주지 않을까 생각한다. 차와 함께 책을 읽는 시간, 좋은 습관을 물려줄 수 있음에 감사하는 저녁이다.

# 함께 살아가는
## 세상

       요즘 주위에서 '제로 웨이스트<sub></sub>zero waste'라는 단어를 심심치 않게 만나볼 수 있다. 그만큼 많은 사람이 우리를 둘러싼 지구 환경에 점점 더 관심을 가지고 있다는 이야기이다. 벌써 몇십 년 전부터 기후 변화에 대한 경고는 시작되었기에 이미 늦었다는 견해도 있고, 그 속도가 점점 더 빨라지고 있어 인류가 존재하는 한 위기를 늦출 수 없다는 이야기도 있다. 그래도 지금을 살아가는 나로서는 노력하는 사람들이 있다는 것만으로도 긍정적이라고 생각한다.

약 15년 전 큰아이를 임신하면서 세상을 바라보는 시각이 많이 달라졌다. 더 이상 이 세상은 '내'가 아닌 나와 아이가, '우리'가 살아갈 장소가 되었다. 나 자신의 안위를 걱정하고 챙기기만 하면 되던 삶에서 우리 아이가 살아갈 미래의 세상을 염려하고 생각해야 할 이유가 더해진 셈이었다. 그때부터 주위를 둘러보고 자연, 환경, 지구의 목소리에 귀를 기울이기 시작했다. 조금 더 자연과 가까운 삶을 살기 위해 노력했다.

코팅 프라이팬을 사용하지 않고 스테인리스 도구만 사용하기 시작했던 것도 그즈음이었다. 플라스틱 용기를 유리 용기로 대체하고, 섬유 유연제와 린스를 사용하지 않으며, EMEffective Microorganisms발효액을 만들어 물의 자정 능력에 힘을 더해준 것도 15년 전부터 꾸준히 해오던 일이다. 화장품도 거의 사용하지 않았고 웬만한 세정은 비누로 대체하였다. 워낙 육식을 선호하지 않던 식습관이라 계속해서 채식을 추구하는 식습관을 가졌고, 가공식품을 내보내고 참치 캔을 끊은 것도 그즈음이었다. 일회용품 대신 면 생리대와 같은 재사용이 가능한 물건들에 점점 더 관심을 두었다. 약간의 번거로움을 감안하며 그 길을 선택했다. 지구를 위한 길은 곧 나를 위한 길이 되었고 나를 위한 길은 곧 지구를 위한 길이 되었다.

'제로 웨이스트'라는 단어에서처럼 완벽하게 '제로'가 될 수는 없지만 그 길로 향하기 위해 애쓰는 노력은 진정 가치 있는 실천이라고 생각한다. 어릴 때부터 이런 모습들을 지켜보며 자라온 나의 아이들 역시 지구와 환경에 관심이 무척 많다. 큰아이는 중학교에서도 환경 동아리에 스스로 가입하여 지구 환경을 보호하기 위한 발걸음에 동참하고 있고, 친구들과 약속이 있을 때는 반드시 유리 빨대를 들고 나간다. 플라스틱 빨대를 하나라도 덜 사용하기 위함이다. 둘째인 아들은 전기와 물자를 아끼는 데 일가견이 있다. 집 안의 쓰지 않는 전기는 매의 눈으로 감시하며 끄고 다니고, 휴지를 사용할 일이 있을 때는 인색하리만큼 아껴서 사용한다.

와인과 치즈를 무척 좋아하지만 푸드 마일과 탄소 마일을 줄이기 위해 와인 대신 막걸리를 즐기거나, 임실 치즈, 치즈 플로와 같은 우리나라에서 만든 치즈로 대체하는 등의 작은 노력 역시 아이들이 살아가야 할 우리 지구의 미래를 위함이다.

그런 실천의 일환으로 예전보다 티백을 덜 사용하고 있다. 예전에는 간편한 저녁 티타임을 위해 허브차 티백을 종종 사용했었는데, 미세플라스틱 문제도 있고 일회용으로 사용하고 버리는 티백과 포장재 역시 환경을 위해서 줄여야겠다는 생각이 들었다. 그래서 저녁 시간 간편한 가족 티타임을 위해서 종종 사용하는 것은 표일배이다. 표일배는 원통형의 주전자로 차를 우리는 부분에 찻잎을 넣고 물을 부은 후 버튼을 누르면 우러난 찻물만 아래로 떨어지는 간편한 티포트이다.

대부분의 차를 우리는 부분은 플라스틱으로 되어 있는데 나는 가족의 안전을 위해 전체가 모두 내열유리로 된 제품을 사용한다. 플라스틱으로 된 제품에 비해 가격이 높아 처음에는 주저했으나 사용 빈도가 높아지면서

아주 만족하고 있다. 아이들과 함께하는 티타임을 즐기는 집이라면 하나쯤은 꼭 구비해 두고 사용할 만하다.

저녁 티타임에는 늘 카페인이 없는 허브차를 마신다. 카페인에 민감해서가 아니라 충분히 잠을 깊이 잘 수 있도록 나의 몸과 건강을 위해서이다. 심신의 안정과 숙면에 도움을 줄 수 있도록 캐모마일이나 라벤더가 블렌딩된 허브차를 주로 마시는데, 디퓨저에 초를 켜고 에센셜 오일을 몇 방울 떨어뜨려 함께 즐기면 더욱 로맨틱하고 황홀한 저녁 시간의 찻자리가 된다. 아이들은 서로 표일배의 버튼을 누르겠다며 내가 뜨거운 물을 붓기만을 기다린다. 캐모마일이 예쁜 노란색으로 점점 진하게 우러나는 것처럼 가족의 우애가 깊어지는 시간이다.

푸드 마일을 줄이고 싶다면 우리나라에서 만들어지는 캐모마일이나 목련꽃차, 매화꽃차, 호박팥차와 같은 우리나라 차를 우려도 좋다. 허브차나 꽃차 역시 선택의 폭이 굉장히 다양하기도 하고, 차나무의 잎으로 만든 차와는 또 다르게 시각적인 화사함과 은은한 꽃향기라는 아로마 테라피aroma therapy를 더해주기도 한다.

표일배를 앞에 두고 도란도란 차를 마시는 저녁 시간에는 온 집 안의 불을 잠시 꺼둔다. 요즘은 지구의 날이라고 해서 소등하는 시간을 갖기도 하지만 우리 가족은 자체적으로 저녁 티타임을 갖는 시간에 소등한다. 전기 대신 촛불을 켜두면 분위기도 한층 피어나고 재미있는 그림자놀이도 할 수 있다. 작은 변화들이 모여 큰 변화를 이룰 수 있지 않을까. 지구를 지키는 발걸음에 동참하고 있는 아이들의 얼굴에서 자랑스러운 표정이 스친다.

。

## 우리나라
## 대용차 소개

우리나라의 꽃이나 열매를 잘 말리거나 섞어서 만든 대용차들은 대부
분 카페인이 들어 있지 않아 늦은 시간까지도 편안하게 즐기기 좋다.
집에서 주로 즐겨 마시는 7가지 대용차를 소개한다. 물론 우리나라의
대용차 종류는 이보다 훨씬 다양하고 대용차를 만드는 브랜드도 많아
졌기에, 효능이나 취향에 맞추어 골라 마시는 즐거움을 누릴 수 있다.

1. 목련꽃차 — 시원한 생강향을 닮은 향긋한 목련꽃차는 기관지 건강
   에 도움을 준다고 알려져 미세먼지가 가득한 봄철에 특히 좋다. '다
   채'의 목련꽃 한 송이 차는 유기농으로 만들어 그윽하고 깔끔하다.

2. 매화꽃차 — 은은하고 달콤한 매화꽃차는 봄의 시작을 알려주는 듯
   기분전환에 그만이고 소화와 피부 미용에도 도움을 준다고 알려져
   있다. '꽃다시피다'의 매화차를 추천한다.

3. 국화차 — 쌉쌀하고 달콤한 매력의 국화차는 정신을 맑게 깨워주며
   눈 건강에도 좋다. '우리꽃연구소'의 꽃차의 국화차를 추천한다.

4. 작두콩차 ― 비염과 미세먼지에 효과가 좋다고 알려진 작두콩차는 고소하고 편안하게 즐길 수 있다. '올바르다'의 유기농 작두콩차를 추천한다.

5. 호박차 ― 달콤하고 구수한 매력을 지닌 호박차는 영양이 풍부하고 몸의 부기浮氣를 없애는 데 좋다. 팥을 섞어 호박팥차로 즐기면 달콤한 매력이 더해져 좋다. '호랑이약방'의 팥호박차를 추천한다.

6. 쑥차 ― 여린 쑥의 향기와 카카오를 닮은 달콤하고 쌉싸름한 그 풍미가 온몸을 따스하게 녹여준다. 변비와 피부 개선에도 도움을 준다고 알려져 있다. '맥파이앤타이거'의 하동 쑥차를 추천한다.

7. 우엉차 ― 빈혈 예방에 도움을 주고 디톡스에 좋다고 알려져 있는 우엉차는 구수하고 달콤해서 편안하게 즐기기 좋다. '한살림'의 우엉차를 추천한다.

# 세비야의
## 밤

처음으로 부모님 품을 떠나 해외로 나갔던 건 20대 초반의 일이었다. 전공이었던 스페인어를 제대로 배우고 오겠다며 마드리드에서 1년을 보냈다. 그 당시 낯선 곳에서의 삶에 대한 설렘과 두려움으로 복잡했던 나의 심정을 달래주곤 했던 건 다름 아닌 마트에서 만난 '만사니야'라는 허브차 한 잔이었다. 여태껏 맛보았던

허브차와는 또 다른 향긋함에 매료되었고 매번 마트에
가면 만사니야 티백을 사오곤 했다. 생소한 이름의 차 한
잔에서 이유 모를 위안을 얻었던 나날이었다. 만사니야
라는 이름의 그 허브차가 캐모마일이란 것을 알게 된 건
훨씬 더 뒤의 일이었다.

1년의 세월을 보내고 스페인을 떠날 때, 곧 다시 돌
아가겠다고 굳게 다짐을 했었다. 하지만 여러 상황으로
결국 내가 다시 스페인을 찾은 건 지금으로부터 고작 3
년 전의 일이었다. 자그마치 17년 만에 스페인을 다시 찾
은 것이다.

가족 여행으로 다시금 마드리드 공항을 밟았을 때의
감격이란 이루 말할 수가 없었다. 마드리드의 많은 것들
이 달라졌지만 많은 것들이 또 그대로 그곳에 있었다. 지
금은 너무나 유명해진 (추로스와 초콜라떼가 유명한) '산
히네스San Ginés'는 유학생 시절 밤새 술을 마시고 춤추며
놀다 참새가 방앗간 들리듯 가곤 했던 곳이다. 스페인 사
람들은 놀랍게도 추로스와 초콜릿으로 해장을 한다. 처
음에는 무슨 추로스로 해장을 하냐며 어이없어했지만 어

느덧 추로스에 초콜릿을 듬뿍 찍어 해장하고 있는 내 모습을 볼 수 있었다.

다시 찾은 스페인 여행에서는 마드리드에서 톨레도를 거쳐 남쪽으로 내려가 세 번째로 세비야를 만나게 되었다. 카르멘과 플라멩코의 도시, 세비야. 열정과 순박함이 그대로 살아 있는 매력 만점의 이 도시에서 우리는 잊지 못할 밤을 보냈다. 우리가 묵었던 숙소 바로 앞에는 아이들이 뛰어놀 수 있는 드넓은 광장과 놀이터가 있었고 노점 카페와 바가 줄지어 있었다. 달이 환하게 밝은 밤, 언제 먹어도 맛있는 하몽 이베리코와 세비야에서만 판다는 아티장 맥주를 시켜놓고 테이블에 둘러앉았다.

시원한 바람을 온몸으로 느끼며 목을 축이고 있는데 노천 바 옆 테이블에서 노랫가락이 들려오기 시작했다. 테이블에 기대어 앉아 기타를 치는 노인과 그 가락에 맞추어 노래를 부르는 여인, 그들을 둘러싼 사내들이 캐스터네츠 대신 신나게 손뼉을 치며 박자를 맞추기 시작했다. 엄마인 듯한 한 여인이 세 살 남짓한 아들의 손을 붙잡고 노래에 맞추어 플라멩코를 추었고, 그들의 얼굴에

는 이 세상을 다 가진 듯한 여유 가득한 웃음이 넘쳐흘렀다. 흥이 넘치는 안달루시아 사람들의 즉흥 공연이 눈앞에서 펼쳐졌던 그날 밤, 기타 한 대만 있으면 어디서든 플라멩코를 부르고 춤을 추는 자유로움과 여유가 너무나 부러웠던 그 밤이 아직도 종종 떠오른다.

달이 환하게 밝은 날이면 특히 세비야의 그 밤이 떠오른다. 추억은 꼬리에 꼬리를 물고 마드리드에 있던 20대의 내 모습까지 떠내려간다. 그럴 때면 나는 거실 테이블에 앉아 차를 한 잔 우려낸다. 바로 '만사니야 꼰 미엘'이라는 차다.

만사니야는 스페인어로 캐모마일이라는 뜻이다. 이집트어의 '사과'에서 유래한 캐모마일처럼 스페인어로 사과라는 뜻의 '만사나'에서 유래한 것이다. 스페인 유학 시절, 뭔지도 모르고 열심히 마셨던 바로 그 만사니야 꼰 미엘. 종종 캐모마일에 꿀을 더해 마시는 이들의 번거로움을 덜어주기 위해 만들어졌는지 몰라도 캐모마일의 향긋함에 달콤한 꿀향이 더해진 그 차는 예나 지금이나 매력 만점이다.

카페인이 없는 허브차라 부담이 없고 숙면과 심신 안정에 도움을 주기 때문에 저녁 시간에 마시기에도 좋다. 스페인 추억과 감상에 빠져 만사니야 꼰 미엘을 우리면 어김없이 아이들이 몰려든다. 미리 그럴 줄 알고 넉넉하게 우려둔 차를 마시며 스페인 여행 이야기를 나눈다. 달콤하고 향긋한 허니 캐모마일을 한 잔 비워내며 스페인 세비야의 그 밤으로 떠나본다.

# 홈 파 티 를
## 좋 아 합 니 다

       좋아하는 사람들과 함께 맛있는 음식들로
테이블을 채우고, 좋아하는 와인이나 위스키, 맥주를 함
께 곁들이며 도란도란 이야기 나누는 시간을 참 좋아한
다. 코로나 시국이 길어지면서 집에 누군가를 초대하는
일이 거의 없어졌지만 소소하게 네 식구가 옹기종기 모
여 앉아 가족 홈파티를 즐기는 일이 잦아졌다.

기본적으로 먹는 것에 진심인 편이고 요리를 하고 테이블 세팅하는 일을 좋아한다. 수고스럽다고 할지라도 하나부터 열까지 직접 손으로 준비하고, 나의 정성과 노력으로 차려진 테이블에 사람들과 함께 둘러앉아 음식을 나눠 먹는 일이 참 좋다. 오래전 존경하는 교수님께서 인스턴트나 배달 음식이라도 정성으로 그릇에 담고 차려내면 그 음식은 달라진다는 말씀을 하신 게 늘 떠오른다.

나 역시도 일이 많거나 몸이 피곤하거나 마음의 여유가 없을 때는 빠르고 편하고 쉽게 한 끼를 해결할 때도 있다. 그런 이유로 티 클래스도, 아유르베다 클래스도 평일 오전에만 시간을 할애한다. 아직은 엄마로서의 삶이 주업이라고 생각하다 보니 밸런스가 깨지면 우리 집 테이블 위가 가장 먼저 흐트러지게 된다. 워라밸이라고 하는 삶과 일의 밸런스, 나에게 있어 일 또한 참으로 즐겁고 행복한 것이지만 아직은 일에 대한 욕심보다는 가족의 안위와 자라나는 아이들의 몸과 마음이 단단해질 수 있도록 엄마의 자리를 지키는 것이 가장 중요하다. 그것이 우리 가족의 평생 건강을 위한 자양분이 되리란 걸 잘 알기에… 그리고 지금, 이 순간들은 언젠가 날개를 활짝 펴게 될 나의 미래를 위해 준비하는 시간이라고 생각한다.

물론 거북이처럼 천천히 걸어가는 나 자신을 보면서 다른 사람들의 속도와 비교할 때도 있었지만 어느 순간 부터는 타인과 나를 비교하는 일을 거의 하지 않는다. 내 인생은 내 속도로, 내가 걸어가고자 하는 방법대로 살아 가고 싶은 마음이 확고해졌기 때문이다. 지금 나에게 가 장 중요한 것이 무엇이며 다시는 돌아오지 않을 이 시간 을 후회 없이 보낼 수 있는 방법이 무엇인지 오랜 시간 고민했고, 그래서 이제는 아주 잘 알고 있다. 내 마음이 단단해지면 주위와 비교하는 일도 후회하는 일도 사라 진다.

그래서 우리 가족이 아닌 누군가를 초대하여 함께 음 식을 나누는 시간은 특히 더 마음을 담는다. 오랜만에 만 난 친구네 가족일 수도 있고, 신랑 지인들일 때도 있고, 친정엄마나 시어머니일 때도 있다. 사람과 사람이 관계 를 맺어가는 데 있어 빠지지 않고 늘 기본이 되는 것은 음식이다. 테이블 위를 채운 음식을 매개체로 우리의 마

음이 열리고 우리의 이야기가 흘러간다.

초대된 손님을 떠올리며 어울리는 음식과 음료를 준비하며 계획을 세우는 시간은 절로 콧노래가 나온다. 찬찬히 재료들을 준비하고 손질하다 보면 어느새 옆에 와서 재료 볶는 일을 돕거나, 재활용품 정리를 하거나, 설거지를 하는 신랑을 보게 된다. 예전에는 요리와 주방 일에 그다지 관심이 없던 신랑도 이제는 제법 적극적으로 나를 돕는다. 함께 늙어간다는 것은 이런 걸 뜻하는가 보다 싶어 나는 언제나 우리의 10년 후가 더 기대되곤 한다.

차와 관련된 일을 하다 보니 빈티지 그릇이 참 많은 나는 그날의 손님과 음식을 고민하면서 어울리는 그릇을 하나씩 꺼내어 테이블을 채운다. 손님을 떠올리며 각각의 접시와 잔을 골라내는 재미도 쏠쏠하다. 음식과 그릇을 매칭하며 테이블을 차리고 계절에 어울리는 간단한 자연물을 준비하기도 한다. 봄이면 꽃을, 여름이면 싱그러운 초록빛 소재를, 가을이면 낙엽을, 겨울이면 목화솜이나 솔방울과 같은 것들로 말이다. 자연에서 태어나 자연으로 돌아가는 사람은 늘 자연을 갈구하게 된다.

차를 좋아하는 손님이 오시면 술을 한 잔 곁들이고 차를 우려낼 때도 있지만, 차가 익숙하지 않은 손님의 경우에는 차를 그다지 반기지 않는 경우도 있다. 그런 날은 차를 베이스로 하여 티 상그리아나 티 뱅쇼와 같은 티 칵테일을 만들어 파티의 초반에 등장시키곤 한다. 상그리아sangria는 원래 스페인어 '상그레sangre'에서 온 단어로 '피'라는 뜻이 있는데, 피처럼 붉은 칵테일이라고 해서 상그리아라는 이름이 붙었다. 원래 레드 와인을 베이스로 해서 만드는 칵테일이지만 요즘은 화이트 와인을 베이스로 해서도 종종 만든다.

나는 히비스커스 티와 화이트 와인을 베이스로 하여 티 상그리아를 만들곤 하는데 더운 여름에는 시원한 웰컴 음료로도 그만이다. 과일 조각들과 함께 숙성된 달콤한 과일향에 히비스커스 티의 새콤함과 깔끔함이 더해져 개인적으로 오리지널 상그리아보다 더 맛있다고 자부한다.

겨울에는 잔잔히 뱅쇼를 끓이는 걸 좋아한다. 프랑스에서는 뱅쇼, 독일에서는 글뤼바인, 영어로는 멀드mulled 와인이라고 불리는 음료는 겨울철 유럽에서 감기 예방으로 종종 끓여 마시곤 한다. 와인에 오렌지와 향신료를 넣고 은근하게 끓여 만든다. 향신료나 오렌지 대신 티백을 활용해서 손쉽게 뱅쇼를 만들 수도 있다. 만드는 방법도 간편할뿐더러 블렌딩 된 재료에 따라 미묘하게 달라지는 풍미를 좋아해서 겨울철에 즐겨 만들곤 한다. 마트에서 파는 저렴한 테이블 와인을 몇 병 구비해 두고, 몸이 으슬으슬하거나 눈이 내리거나, 혹은 그냥 뱅쇼가 생각나는 날이면 와인을 끓인다.

향신료를 싫어하는 사람들도 어느 티백을 고르느냐에 따라 향이 가감되기에 취향대로 즐길 수가 있다. 겨울철 찬바람을 맞으며 우리 집으로 들어온 손님들에게 따뜻한 티 뱅쇼 한 잔을 내어주면 어느새 꽁꽁 언 손과 발에 온기가 돌고 따스한 미소가 가득 피어나는 모습을 보게 된다. 나 역시 개인적으로 호호 입김이 나는 겨울의 베란다에 앉아 창밖에 내리는 눈을 바라보며 마시는 티 뱅쇼를 참 좋아한다.

차를 차 그대로 즐기는 것도 좋지만 가끔은 베리에이션 티나 티 칵테일을 만들어 마시는 것도 참 재미있다.

간단하고 맛있고 동시에 건강한 티 음료들이야말로 더 넓은 차의 세계로, 지속 가능한 차 생활로 인도하는 지름길인 것 같다.

오늘 저녁 시간에는 따뜻한 티 뱅쇼 한 잔이나 혹은 시원한 티 상그리아 한 잔은 어떨까?

。
티
상
그
리
아

만
들
기

재료

물 500ml, 히비스커스 10g, 레드 와인 한 병, 과일 1cup, 깍둑썰기한 과일(장식용)

1. 뜨거운 물에 히비스커스를 10분간 우려낸다.

2. 와인을 피처에 붓고, 식힌 차와 과일을 넣어 냉장고에서 4시간 이상 숙성시킨다.

3. 얼음과 함께 새로 깍둑썰기한 과일을 곁들인다.

°
티
뱅
쇼
만
들
기

재료

와인 한 병, 오렌지 티백 4개, 정향 10알, 시나몬 스틱 1개, 월계수 잎 1개, 설탕 1/2컵

1. 와인을 중불로 끓이다 김이 나기 시작하면 티백과 향신료를 넣고 약불로 30분간 우려낸다.

2. 티백을 꾹 짠 후 설탕을 넣고 잘 저어준다. 취향에 따라 설탕은 생략해도 된다.

3. 월계수 잎을 제거한다.

4. 잔에 따라 따뜻하게 즐긴다.

( tip )

'그린필드 시칠리안'의 시트러스 홍차, '헤로게이트'의 레몬&오렌지 홍차, '티칸네'의 루이보스 오렌지, '아마드'의 믹스드 시트러스를 추천한다. 홍차, 루이보스차, 허브차 중 취향껏 선택하여 넣어 만들면 서로 다른 풍미를 즐길 수 있다.

# 빛의 축제를
## 아시나요

인도에서는 매년 10월, 11월경에 큰 축제가 시작된다. '디왈리' 혹은 '디파발리'라고 불리는 이 축제는 우리나라의 구정이나 추석처럼 매년 날짜가 달라지는데, 음력을 기반으로 하는 힌두력을 사용하기 때문이다. 인도뿐만 아니라 방글라데시, 말레이시아 등의 나라에서도 함께 즐기는 이 큰 명절은 힌두교의 축제로 알려졌지만 일부 시크교나 불교, 자이나교에서도 함께 즐긴다.

　디왈리는 빛이 어둠을 즉 선이 악을 이겨냄을 축하하는 축제이다. 라마가 형제인 락쉬마나와 함께 랑카의 라바나를 무찌르고 자신의 아내인 시타를 찾아오는 여정이 상세하게 서술된 인도의 대서사시 〈라마야나Ramayana〉와 관련이 있기도 하다. 그래서 디왈리 즈음이 되면 일상찻집의 인도 민화 정규 반에서는 디왈리에 대한 설명과 더불어 라마가 락쉬마나, 시타와 함께 돌아오는 그림을 민화로 그려내기도 했다.

　라마야나에 대한 흔적은 남인도의 동남쪽 끝에 자리를 잡고 있는 '라메스와람'이라고 하는 작은 마을을 찾아가면 볼 수 있다. 스리랑카와 채 30km도 떨어지지 않은 라메스와람에는 라마의 발자국이라든지, 라마가 라바나를 찾아 스리랑카로 가기 위해 바다의 신과 동물들의 도움을 받았던 돌의 흔적들을 만나볼 수 있다. 라메스와람에서 라마의 흔적들을 하나씩 찾아가는 즐거움이 얼마나 컸는지 모른다. 아이들은 바닷가 놀이터에 더 열광했지만 말이다. 석양이 지는 라메스와람 바닷가 놀이터에서 해맑게 웃던 까만 얼굴의 아이들이 기억난다. 인도 햇살 사이 우리 아이들의 얼굴은 참으로 거무튀튀했다.

남인도에 라메스와람이 있다면 북인도에는 '리시케시'가 있다. 요가의 고향으로 앞에서 한번 언급했던 리시케시에는 락쉬만 줄라, 람 줄라라는 두 개의 다리가 있다. 락쉬만이 동생이다 보니 다리의 길이가 짧고, 람 즉 라마가 형이다 보니 다리의 길이가 더 길다. 활을 쏘는 락쉬만과 람의 동상도 그곳에서 만나볼 수 있다. (라마야나에 따르면 둘 다 활을 아주 잘 쏘았다고 한다) 두 개의 다리를 지나다니며 갠지스 강가의 게스트하우스 식당에 앉아 유유자적함을 즐기던 그 시간도 참으로 그립다.

보통 외국인들은 디왈리 축제 기간이 되면 인도를 많이 떠나곤 했다. 그도 그럴 것이 빛의 축제인 만큼 디왈리 축제 기간 내내 어마어마한 양의 폭죽과 불꽃놀이를 터트리는 것이 이들의 전통인데, 그 소리와 메케한 연기를 참을 수 없어 잠시 인도를 피해 다른 곳에서 쉬다 오는 것이다. 돈이 많은 사람일수록 더 화려하고 아름다운 불꽃놀이 세트를 산다. 더 많이 터트려야 더 큰 복이 온다고 여기기 때문이다. 그래서 디왈리 축제 기간 직전에는 온 사방에서 불꽃놀이와 폭죽을 판매한다. 우리도 매년 불꽃놀이 세트를 사서 집의 옥상이나 놀러 간 리조트의 마당에서 아이들과 함께 불꽃놀이를 즐기곤 했다. 세상에 얼마나 다양한 종류의 폭죽이 존재하는지, 인도에가서 두 눈으로 직접 확인하고 돌아온 셈이다.

한국에 돌아온 후에도 디왈리 날짜가 되면 불을 밝힌다. 한국에서도 집 안 곳곳에 초를 밝히고, 다이아(오일을 담아 불을 켜는 인도 정통의 흙으로 빚은 램프)에 티라이트를 켜고 빛의 축제를 추억한다. 현관문 앞에 그려두었던 갖가지 화려한 랑골리도 떠오른다. 디왈리가 되면 사람들의 얼굴은 빛처럼 밝고 또 밝았다. 인도에서 무척 좋아하던 티 브랜드가 하나 있다. '오가닉 인디아'라는 브랜드인데 단순히 차뿐만 아니라 건강과 관련된 다양한 건강식품, 오일, 화장품 등 인도의 고대 의학 아유르베다에기반한 갖가지 아이템을 다루는 곳이다. 이곳에서 나오는 아유르베다 티는 '툴시'라는 허브를 베이스로 한 차들이 많다. 툴시는 홀리 바질holy basil을 뜻한다.

아유르베다에 따라 다양한 허브를 블렌딩하여 만든 오가닉 인디아의 차는 집중력 향상에 도움을 주는 브라흐미 티, 속이 불편할 때 마시는 터미 티, 숙면에 좋은 슬립 티 등 기능성에 기반을 둔 차들이 다양하게 구비되어 있다. 마살라 짜이와 같은 홍차도 있지만 대부분이 허브차를 베이스로 하고 있어 저녁에 마시기에도 참 좋다.

차 생활이 습관이 된 아이들은 저녁 시간에도 얼굴을 맞대어 차 한 잔을 하고 싶어 한다. 디왈리와 같이 초를 가득 켜둔 빛의 축제에는 특히 무언가를 더 기대하는 초롱초롱한 눈빛을 보낸다. 그럴 때는 오가닉 인디아의 슬립이나 허니 캐모마일과 같이 저녁 시간에 마시기 좋은 차들을 우려 일렁이는 촛불들 사이에서 우리끼리 디왈리를 자축한다. 촌스럽고 시끄럽고 연기 자욱했던 그들의 불꽃놀이와 순수하고 맑은 웃음이 떠오른다.

매년 디왈리 즈음이 되면 차 한 잔을 우려두고 그림을 그린다. 올해는 내가 좋아하는 마두바니로 디왈리 그림을 한 점 더 완성해야겠다. 오가닉 인디아의 차를 한잔 우려두고 말이다.

# 나를 사랑하는
## 방법

앞서 이야기한 것처럼, 인도에서 요가와 아유르베다를 접한 이후로 나의 삶은 아유르베다 라이프스타일에 기반을 두고 있다. 오랜 차 생활과 더불어 아유르베다 라이프스타일은 내 삶의 균형에 큰 영향을 미치고 있다. 아유르베다는 인도 고대 의학이라고 알려진 학문인데 그 깊이를 따지자면 사실 정말 방대한 학문이다.

우리나라나 중국의 한의학, 일본의 매크로바이오틱과 같은 삶과 건강에 관련된 인도의 오랜 의학이라고 생각하면 좋을 듯하다. 인도에는 아유르베다를 전문으로 하는 의사들도 물론 있지만 우리가 민간요법을 사용하듯 그들 또한 일상 속에서 아유르베다를 많이 활용하고 있다.

원래 동양 사상에 관심이 많아 서양의학에 크게 의존하지 않는 편이라서 (물론 응급 수술이나 처치가 필요할 때는 서양 의학이 중요하다고 생각한다) 열이 나더라도 해열제를 먹지 않고 근본적인 이유를 찾으려 하고, 자연스레 열을 이겨내는 힘을 길러내려고 노력하는 편이다. 배탈이 나면 지사제를 먹기보다는 유산균을 먹어 더 빨리 균을 몸 밖으로 내보내는 삶을 살아왔다. 한의사셨던 외할아버지의 영향으로 그런 삶을 자연스레 살아온 엄마를 통해 배운 삶의 방식이었다.

삶의 다양한 부분에서 아유르베다 라이프스타일을 적용하며 균형 있는 삶을 살기 위한 노력을 계속하게 되었다. 그중에서도 내가 참 좋아하고 꾸준히 행하고 있는 것은 '아비양가'라고 하는 셀프 마사지이다. 클래스를 할 때도 나처럼 몸이 다소 건조하신 분들께는 꼭 권해드리는 마사지이다.

인도에서는 틈이 날 때마다 아유르베다 마사지를 받으러 가곤 했는데 한국에서는 여의치 않다 보니 셀프 마사지로 나를 돌보는 일을 좀 더 자주 하게 되었다. 인터넷에서 아유르베다에서 행하는 셀프 마사지나 오일 풀링에 대한 일차원적인 정보만 떠도는 경우를 종종 본다. 사실 아유르베다의 모든 행위는 우리가 동양학에서 흔히 '체질'이라고 말하는 '도샤(바타, 피타, 카파)'에 따라서 달리 적용해야만 한다. 장기적으로 보았을 때 이는 큰 영향을 미치기 때문에 제대로 된 방법을 배우고 적용해 가는 것이 중요하다.

나는 보통 봄, 가을과 같은 환절기와 겨울철에는 일주일에 한 번 이상 빼놓지 않고 셀프 마사지를 한다. 마사지라고 하지만 우리가 흔히 태국 여행에서 받는 그런 종류의 마사지가 아닌 오일을 서서히 몸에 흡수시키는 아유르베다 마사지라고 생각하면 된다. 나처럼 몸이 마르고 건조한 편인 이들은 오일 마사지가 제법 도움이 되는 체질이다. 따뜻하게 데운 오일을 손에 바르고 머리부터 마사지한다. 눈과 뺨, 이마, 귀까지 찬찬히 나를 어루만진다. 내 몸의 소리에 오롯이 귀를 기울이면서 팔과 손, 다리와 발, 등과 배와 가슴까지… 나를 아끼고 사랑하는 일종의 의식 같은 이 시간은 차를 우리는 시간과 똑 닮아 있다.

오늘 무슨 차를 마실지 고민하는 순간부터 나의 모든 생각은 차에 집중된다. 그날 선택된 차에 따라서 어울리는 다구를 고르고 찻잔을 고른다. 아이들과 함께 마실 차 도구들을 가지런히 차판에 담고 물을 끓인다. 물을 끓이는 소리는 점점 더 세차게 공간을 채운다. 끓인 물로 차 도구를 차례대로 예열하고 예열한 다관茶罐에 찻잎을 넣고 건차의 향기를 감상한다. 차향은 코를 통해 나의 온몸에 퍼지고 나의 몸은 그 순간 온갖 긴장을 다 풀고 최상의 이완 상태를 경험하게 된다. 물을 붓고 적당한 시간 동안 차를 우려낸 후 각자의 찻잔에 조르르, 차를 따라내는 그 순간은 정적이 흐른다. 주변에 흐르고 있던 음악마저도 잠시 멈추는 듯한 착각을 일으킨다. 차를 한 모금

머금는 순간, 다시 음악이 흐르고 아이들과 나는 재잘재잘 이야기를 나누기 시작한다.

차를 우리는 일련의 과정은 마치 하나의 의식처럼 그렇게 진지하고 아름답게 우리 삶의 한순간들을 채워나간다. 그와 마찬가지로 오롯이 나 자신에게 집중할 수 있는 셀프 마사지의 시간 역시 소중하다. 타인이 아닌 나 자신으로부터 존중받고 사랑받는 기분, 그 행위는 진정 우리가 목말라하는 시간이 아닐까 싶다.

셀프 마사지를 마치고 나오면 아유르베다 티를 한 잔 우린다. 예전에는 간단히 체질별 아유르베다 티를 블렌딩해서 마시기도 했는데 요즘은 앞에서도 한 번 언급했던 '타오 오브 티'의 아유르베다 티를 직구해서 마신다. 아유르베다 체질별로 바타, 피타, 카파 티가 나오는데 내 몸에서 강한 체질은 어떤 것인지를 탐구한 후 그날그날에 맞는 차를 골라서 마신다. 나는 주로 바타와 피타를 번갈아가며 마신다. 100% 허브차 블렌딩이라 저녁에 셀프 마사지와 샤워를 마친 후 따뜻한 차 한 잔을 마시면, 아유르베다의 기운이 충만한 하루가 마무리된다.

음양오행이며, 매크로바이오틱이며, 아유르베다며, 배워보니 결국 그 시작과 끝은 하나이다. 자연과 어우러진 삶. 우리는 결코 자연을 거스르면서 살아갈 수 없다. 인간 역시 자연에서 시작해 자연으로 끝나며, 자연과 함께 살아가는 존재이기 때문이다. 가장 자연스러운 삶, 가장 자연에 가까운 삶. 아마도 죽을 때까지 그런 삶을 찾으려 애쓰며 살지 않을까 싶다. 그리고 그런 삶을 찾아가는 여정에서 가장 중요한 큰 걸음을 바로 아유르베다를 통해서 배운 듯하다. 나를 어루만지는 아유르베다 마사지를 통해서, 한 잔의 아유르베다 티를 통해서 나는 나를 사랑하는 방법을 매일 깨우치고 있다.

# 아름다운 삶, 사랑,
## 그리고 마무리

10대의 마지막 혹은 20대의 시작이었던 것 같다. 헬렌 니어링Helen Nearing의 《아름다운 삶, 사랑, 그리고 마무리》라는 책을 접하고, 그런 삶을 살아가고 싶다는 생각을 강렬하게 했던 시기 말이다. 이 책은 헬렌 니어링이 남편인 스콧 니어링과 함께 50여 년이 넘는 시간을 돌아보며 적은 글이다. '완전하고 조화로운 삶을 찾아서'라는 글이 어찌나 마음을 울렸는지 모른다. 미국 최상류층이었던 그들은 끝까지 자급자족하는 소박한 삶을 사는 채식주의자이자 친환경주의자였다. 자신의 '신념'을 생명이 꺼져가는 그 순간까지 지키며 살았다는 사실이 나에게는 큰 감명이었고, 울림이었다.

1. 간소하고 질서 있는 생활을 할 것

2. 미리 계획을 세울 것

3. 일관성을 유지할 것

4. 꼭 필요하지 않은 일은 멀리할 것

5. 되도록 마음이 흐트러지지 않도록 할 것

6. 노동으로 생계를 세울 것

7. 자료를 모으고 체계를 세울 것

8. 연구에 온 힘을 쏟고 방향성을 지킬 것

9. 쓰고 강연하며 가르칠 것

10. 원초적이고 우주적인 힘에 대한 이해를 넓힐 것

11. 계속해서 배우고 익혀 점차 통일되고 원만하며, 균형 잡힌 인격체를 완성할 것

《스콧 니어링 자서전》에 나온 그의 좌우명은 꽤 오랜 기간 나의 책상 앞에 붙어 있었다. 지금 역시도 수시로 책을 들여다보며 구절구절을 곱씹곤 한다. 무척이나 닮고 싶은 삶이다. 조화로운 삶이라는 단어가 마음 깊은 곳에 자리를 잡았다. 이 둘의 책은 내가 살아가고자 하는 삶의 방향을 제시해주며 그 방향에 확신도 함께 주는 책이었다.

지금도 여전히 그들의 책을 참 자주 꺼내어 본다.《논어》나《장자》와 같은 고전처럼 삶이 흔들리거나 마음의 갈피를 잡을 수 없을 때 마음을 다잡아주는 책이라고나 할까. 나에게는 마치 고전처럼 진리를 찾아주는 책이 되어준 내 인생의 책이다.《헬렌 니어링의 소박한 밥상》도 무척이나 좋아하는 책인데 풍요 속의 빈곤을 다시 한번 깨닫게 해주고, 나와 우리의 식생활을 돌아볼 수 있게 해주는 좋은 책이다. 재료 본연의 맛과 색을 살리는 레시피도 함께 담겨 있어 우리 집 테이블 위를 채울 다양한 영감을 얻게 해준다.

차를 한 잔 우려 베란다 흔들의자에 앉아 책을 펼친

다. 예전의 우리 집에는 아빠가 참 좋아하셨던 흔들의자가 있었다. 오래된 가구이기도 하고 볼 때마다 아빠 생각이 나서 결혼하면서 처분을 했는데, 두고두고 후회하는 일 중의 하나이다. 아빠의 추억을 곱씹을 수 있는 의자가 되었을 텐데 그때는 생각이 참 짧았나 보다. 아무튼 어릴 때부터 그 흔들의자에 앉아 뜨개질하거나 책 읽기를 참 좋아했다. 그런 나의 모습을 본 친구들은 타샤 튜더 할머니 같다는 이야기를 하기도 했다. 그녀처럼 나이 들고 싶은 마음이 있었던 나는 그 얘기가 얼마나 반가웠는지 모른다. 타샤 튜더의 삶 또한 헬렌 니어링과 무척이나 닮아있는 걸 보면 나는 소박하고 조용하고 자연에 가까운 삶을 추구하는 사람임이 분명하다.

아무튼 그런 이유로 우리 집에는 늘 흔들의자가 있다. 같은 의자는 아니지만 아빠 생각을 떠올리게 하는 가구이기도 하고 인도에서 데려온 스윙 체어와 함께 우리 집에서 내가 가장 아늑함을 느끼는 장소 중 하나이다. 흔들의자에 앉아 사색하거나 뜨개질하는 시간을 무척 좋아한다. 물론 나의 일상에 차 한 잔이 빠질 수 없다. 헬렌 니어링의 책을 꺼낼 때면 왠지 모르게 숙연해지는 마음이 들면서 허브차나 백차를 골라 우리게 된다. 이럴 때 나의 손에 잡히는 차는 '압끼빠산드 산차'의 로즈 화이트 티나 '벨로크 티'의 아쉬람 애프터눈 티, '포트넘 앤 메이슨'의 로즈 포총이다.

우연인지 몰라도 모두 장미가 들어간 차이다. 장미가 들어간 차를 좋아하는 편이지만 희한하게도 혼자 흔들의자에 앉아 시간을 보낼 때는 꼭 이런 차들을 찾게 된다. 로즈 화이트 티는 순수한 백차와 화려한 장미의 조합이 한 잔에 담긴 매력적인 차이다. 인도 백차의 매력을 한껏 느껴볼 수 있고, 백차와 장미의 마리아쥬를 이보다 더 잘 표현할 수는 없다고 생각할 만큼 좋아하는 차이다.

아쉬람 애프터눈은 허브의 왕이라고 하는 툴시와 민트, 재스민, 카다몸, 스타아니스, 그리고 장미꽃잎이 블렌딩 된 허브차로 고요하고 엄숙한 아쉬람의 오후를 그대로 묘사해낸 차이다. 아쉬람은 인도의 수행자들이 수행하는 장소를 말하는데 이 차를 마시면 아쉬람의 적막함 속에 울려 퍼지던 만트라를 떠올리게 된다. 우다이푸

르 꼭대기 카페에서 마시던 시나몬 짜이와 템플에서 흘러나오던 만트라 소리의 추억을 담은 한 잔의 차. 오묘한 향신료와 꽃향기가 한데 어우러져 그 향기가, 그 따스함이 온몸을 휘감아버리는 듯한 기분이 드는 차이다. 흔들의자의 나른함과 똑 닮아 있다고 하면 될까.

로즈 포총은 기문 홍차 중에서도 기문 모봉이라는 홍차에 장미를 블렌딩 한 것이다. 맨 처음 이 차가 나왔을 때 이렇게 멋진 차를 만들어낸 포트넘 앤 메이슨에 깊은 찬사를 보냈다. 최고급 기문 홍차에서는 장미향이 느껴진다고, 중국에서는 매괴향이라는 표현을 한다. 질 좋은 기문 모봉에 장미향을 더해 만든 로즈 포총은 브랜드에서 나오는 그 어떤 기문 홍차들보다 아름답다고 할 수 있을 만큼 매혹적이다.

헬렌 니어링은 '열댓 가지 허브차'를 만들어 마시곤 했다고 책에서 말한다. 속새류, 타임, 민트류, 캐모마일, 개박하, 바질, 라벤더, 레몬밤, 컴프리, 여름 층층이꽃, 정향, 그리고 장미꽃잎. 그 페이지를 읽을 때마다 신선한 허브향과 장미향이 느껴지곤 했다. 그리고 우려낸 차를 한 모금 마시면 황홀한 장미향이 온몸을 포근하게 감싸준다. 마치 내가 헬렌 니어링이 된 것처럼 그녀의 삶을 잠시나마 간접 체험해 볼 수 있는 나만의 비법이라고나 할까. 흔들의자에 몸을 기대어 차를 마시고 책을 읽는 이 시간은, 누구에게도 방해받고 싶지 않은 오롯한 나만의 시간이다.

허브차 블렌딩

집에서 키운 갖가지 허브를 블렌딩해서 마실 수 있으면 좋겠지만 여러 가지 허브를 집에서 모두 키우기란 쉽지 않다. 그래서 건조된 허브차를 다양하게 사두면 그대로도 마실 수 있고, 효능과 취향에 따라 내 마음대로 블렌딩해서 즐길 수도 있다.

1. 마음의 안정을 위한 쉬운 허브차 블렌딩

   캐모마일, 라벤더, 민트를 2:1:1 비율로 블렌딩한다.

2. 감기 예방에 좋은 허브차 블렌딩

   레몬그라스, 레몬머틀, 페퍼민트를 1:1:0.5 비율로 블렌딩하고 건생강을 몇 조각 넣어준다.

3. 피부 미용에 좋은 허브차 블렌딩

   루이보스, 로즈힙, 로즈버드를 2:1:0.5 비율로 블렌딩한다.

○　주말의 차

오늘도 창밖의 공기와, 햇살과 하늘,

저 멀리 보이는 산등성이에서 이 계절을 느낀다.

주말 아침에는 지금 이 순간을

더 많이 느낄 수 있는 여유를 누린다.

내 몸과 마음이 원하는 차를 골라 우려내면

신랑과 아이들이 하나둘 테이블로 모여든다.

이번 주말에는
온 가족이 티타임을

       주말은 네 식구가 동그란 테이블 앞에 옹기종기 모여 앉는 날이다. 그래서 아끼는 차를 어김없이 꺼내는 날이기도 하다. 세상의 모든 기호식품이 그렇듯 차의 가격도 천차만별이다. 나쁜 의도가 닿지 않은 세상의 모든 차는 그대로 귀하며 존중받아 마땅하다고 생각하지만, 더 많이 신경 써서 만든 커피가 그렇고 와인이 그렇듯 차 역시도 재료가 되는 찻잎부터 더 섬세하게 정성을 기울여 만든 것이 맛도 좋을 수밖에 없다.

그럼에도 사람마다 취향은 너무나 다양해서 그날그날의 기분이나 날씨에 따라서도 선택하는 차는 달라지기 마련이다. 그렇기에 좋은 차라는 것은 그 순간 내가 느끼기에 좋은 차면 충분하다고 생각한다. 등급이라든지 가격은 그다음 문제이다.

브랜드에서 선별해서 블렌딩을 한 차, 티 마스터의 의도를 담아 향과 감성을 더해 만든 가향차, 한 다원의 차만 고이 선별해서 만든 싱글 에스테이트 티, 아쌈이나 기문, 누와라엘리야 홍차, 우리나라의 하동과 같은 한 원산지의 차로 만든 스트레이트 티, 혹은 자잘한 찻잎의 형태로 티백 안에 갇혀 있는 티백차 등 세상의 모든 차는 그 나름의 개성과 매력이 있고 그 모습 그대로 사랑받을 자격이 있다. 만드는 이의 땀과 정성이 들어갔다는 것만으로도 감사하며 즐길 이유가 충분하다. 더불어 차를 폭넓게 즐긴다는 것은 차를 통해 다양한 문화와 미각과 감성을 경험하는 것과 같다. 그래서 마치 여행을 떠나듯,

모험을 떠나듯 여러 가지 차를 경험하고 맛보려는 노력을 꾸준히 하고 있다. 마치 차를 대하는 하나의 의식처럼 말이다.

우리 네 식구의 취향 역시 너무 다르다. 그래서 주말에는 각자의 취향을 고려하며 서로 다른 다양한 차를 골라 마시게 된다. 커피를 좋아하는 신랑은 중국 홍차인 전홍이나 인도의 아쌈과 같은 진한 홍차를 우려주면 만족스러운 표정을 짓고, 아들은 상대적으로 가벼운 느낌의 녹차나 백차를 우려주면 화색이 돈다. 딸은 나와 같이 봉황단총이나 무이암차 같은 산화도가 상대적으로 높은 우롱차를 우려주면 감탄을 하며 찻잔을 비워내곤 한다.

네 식구만으로도 이렇게 취향이 갈라지니 온 세상의 사람들로 그 범위를 넓힌다면 그 다양성은 얼마나 커질까. 다양한 취향을 모두 포용할 수 있을 만큼 차의 종류 역시 다양하다는 게 정말로 다행이라는 생각이 든다. 내가 티 클래스 시간에 자주 하는 이야기 중 하나는, 죽기 전에 이 세상에 존재하는 모든 차를 다 마셔보고 싶다는 이야기이다. 불가능한 일이다. 그만큼 어마어마하게 방

대한 종류의 차가 존재한다는 뜻이다.

세세하게 들어가자면 같은 이름을 가진 차라고 해도 어느 지역 혹은 어느 다원에서 만들어졌으며 언제, 어떻게 만들어졌는지에 따라 수백 수천가지의 종류로 나누어진다. 세상에 존재하는 차는 셀 수 없이 많다. 그만큼 어렵지만 또 그만큼 즐겁고, 그만큼 우리의 다양한 취향을 모두 보듬어줄 수 있다.

가족 티타임 시간에는 꼭 특별한 주제가 있는 것은 아니다. 살아가는 이야기들, 소소한 이야기들을 나눈다. 때론 라디오에서 흘러나오는 클래식 음악을 들으며 말없이 차를 마실 때도 있고 평일에 미처 시간이 없어 보지 못했던 웹툰을 보기도 한다. 다음 주 계획을 세우느라 다이어리를 앞에 두고 끄적일 때도 있다. 어떤 날은 아이들이 학교에서 있었던 일들에 대해 신이 나서 떠들기도 한다. 이런 날은 누나와 동생이 서로 맞장구를 치며 아이들의 시선에서 대화를 나눈다. 부모가 아이들의 시선에 맞추어주려고 노력해도 안 되는 부분들을 남매가 서로 채워준다.

주말 찻자리에 온 가족이 둘러앉을 때면 늘 감사하는 마음으로 차를 우린다. 언제나 내 편이 되어줄 든든한 지원군이 있다는 사실만으로도 이 세상을 살아가는 힘이 두 배, 아니 열 배로 커진다. 그런 의미에서 오늘은 재스민 백호은침을 우려야겠다. 재스민차 중에서 가장 귀한 재스민 백호은침은 뽀송뽀송한 솜털 가득한 싹으로만 만든 백차에 재스민향을 입한 것이다. 아니나 다를까 온 가족의 얼굴에 화색이 돈다. 백호은침의 잔잔함과 은은하고 우아한 재스민의 향기가 어우러져 우리 가족의 주말 아침을 향긋하게 열어준다.

。

## 백호은침이란

영어로는 실버니들silver needle이라고 하는 백호은침은 중국 푸젠성 지역에서 만들어지는 백차의 한 종류이다. 순전히 싹으로만 만들다 보니, 싹의 솜털이 가득하여 은빛의 침처럼 보인다고 하여 '백호은침'이라는 이름이 붙었다. 처음에는 중국에서만 만들어지기 시작했으나 지금은 스리랑카, 인도, 심지어 아프리카에서도 만들어지고 있다. 떼루아가 다르다 보니 중국에서 만들어지는 것과 온전히 같지는 않지만 각 지역의 특색을 담고 있는 만큼 각각의 매력이 있다.

# 사계절의 차

　　　　　　내가 운영하는 판교의 티 스튜디오 '일상찻
집'에서는 다양한 티 클래스가 열린다. 그중에서 시그니
처라고 할 수 있는 수업 중 하나가 바로 '사계절의 차'이
다. 봄, 여름, 가을, 겨울 사계절에 적합한 차와 차도구,
그 이유에 대해서 풀어내는 시간으로 나의 라이프스타일
이 그대로 담겨 있는 수업이자 지속가능하고 건강한 차

생활을 위한 수업이기도 하다.

가장 기본이 되는 것은 한 가지이다. 자연의 흐름에 발맞추어 살아가는 것. 차 생활이라고 다르겠는가. 자연의 흐름, 작은 변화에 오감을 기울이고 그에 맞추어 나의 라이프스타일을 조정해가는 것이다. 단순히 계절이 바뀌면 날씨에 맞춰 옷을 바꿔 입듯이 나의 식습관도, 운동도, 마음도, 그리고 차 생활도 그 흐름에 맞추어 조금씩 조정해가는 것이다.

한국은 또렷한 사계절이 특징이라는 것이 그저 식상하고 당연한 이야기라고 생각을 했었다. 하지만 남인도 첸나이에 4년을 거주하면서 1년 365일 오롯이 여름에만 살다 보니 우리나라 사계절의 소중함을 온몸으로 느끼게 되었다. 계절이 변한다는 것은 우리에게 새로운 자극과 영감이 되어줄 뿐만 아니라 변화하는 세상 앞에 나 역시도 새롭게 태어나는 기분이 들게 한다는 것을 한국을 떠나고서야 깨달았다.

한국에 돌아온 첫 해에 5학년을 시작한 큰아이와 2학년을 시작한 작은아이는 매번 하굣길 피어오르는 봄의 꽃 사진을 그렇게도 많이 담아왔다. 길거리에 쪼그리고 앉아 움트는 새싹을 관찰하면서, 둘째는 처음으로 겪는 봄이 그렇게도 신기할 수가 없었나 보다. 생명이 도약하는 자연 속의 봄을 시작으로 습하고 무더운 여름과 발갛게 노랗게 물든 단풍잎의 가을, 그리고 눈이 오기만을 매일 밤 손꼽아 기다리던 겨울까지. 그렇게 그리웠던 우리나라의 사계절을 첫해에는 오감을 총동원해서 즐기고 또 즐겼다.

봄에는 피어오르는 향기를 그득하게 담은 봉황단총이나 재스민 백차와 같은 차가 참 잘 어울린다. 봄의 계절 동안에는 겨우내 몸 안에 담긴 한기를 내보내주고 봄의 생동감을 채워줄 필요가 있는데, 향기가 피어오르는 차들과 쌉쌀한 봄나물이 그 역할을 해준다. 여름은 워낙 더운 계절이다 보니 아이스 티를 마셔도 좋고 녹차나 다르질링 첫물차, 두물차, 고산 우롱차들을 즐기면 좋다. 특히 녹차는 산화도가 낮아 다소 차가운 기운이 있어서 아이스도 좋지만 따뜻하게 즐기는 것을 더 권한다. 물론 이 모든 것은 개인차가 있기 마련이다. 그래서 차를 마실 때도 내 몸을 살피는 것은 아주 중요하다. 일상 속에서 내 몸을 살피고 관찰하는 습관을 들여두면 건강에 적신호가 왔을 때 빨리 알아챌 수 있다.

가을에는 오래된 백차, 혹은 무이암차와 같이 산화도가 높은 우롱차나 다르질링 가을차도 좋다. 오래 보관해 둔 중국의 백차는 면역력 증강에 도움을 주고 몸 안에 필요 없는 열을 낮추어 준다고 한다. 그래서 양약을 먹지 않는 나와 아이들은 감기 기운이 있을 때면 내가 오랜 시간 잘 보관해 두었던 백차를 진하게 우려서 마시곤 한다. 사실 감기도 거의 안 걸릴뿐더러 감기 기운이 있을 때 차나 민간요법을 활용하면 다음 날 말짱하게 돌아오곤 한다. 그래서 우리 가족은 약을 거의 먹을 일이 없고 스스로 이겨낼 힘을 기르는 데 노력을 기울이고 있다.

겨울도 가을처럼 산화도가 높은 우롱차나 홍차, 보이숙차나 육보차 같은 흑차류를 마시기에 좋다. 전홍이나 민홍과 같은 중국 홍차는 겨울철에 종종 즐긴다. 해가 쨍쨍한 겨울에는 다소 가볍고 향긋한 민홍을, 흐리거나 우중충한 날씨의 겨울에는 진하고 풍성한 풍미를 지닌 전

홍을 고른다. 향신료가 듬뿍 들어간 마살라 짜이를 끓여 마시기도 하고 티 뱅쇼를 만들어 즐기기도 한다. 겨울에는 이처럼 몸을 따스하게 해줄 수 있는 차들을 마시는 게 좋다.

건강의 정도나 위와 같은 장기들이 이겨낼 수 있는 정도는 개인마다 다르다. 그러므로 늘 내 몸을 살피는 습관이 필요하며 그에 맞는 슬기로운 차 생활을 지속하는 게 좋다. 차 생활이란 식습관이나 라이프스타일과 같다. 한두 번의 티타임이나 단기적으로 보았을 때는 차가 미치는 영향이 그리 크지 않을 수도 있지만(이 역시도 사람마다 너무 다르긴 하다), 장기적으로 보았을 때는 모든 게 달라진다.

지속가능한 장기적인 차 생활을 위해서는 끊임없이 내 몸을 살피고, 내 마음과 대화를 나누고, 자연의 흐름을 온몸으로 함께 느끼며 따라가는 삶이 필요할 것이다. 자연 그대로의 삶이란 문명화가 이루어진 도시에서는 쉽지 않은 일이지만 그래도 자연은 우리 생활 곳곳에 스며들어 있기에 조금만 주의를 기울이면 들을 수 있을 것이다. 자연이 우리에게 속삭이는 소리를.

오늘도 창밖의 공기와, 햇살과 하늘, 저 멀리 보이는 산등성이에서 이 계절을 느낀다. 주말 아침에는 지금 이 순간을 더 많이 느낄 수 있는 여유를 누린다. 내 몸과 마음이 원하는 차를 골라 우려내면 신랑과 아이들이 하나둘 테이블로 모여든다. 엄마의 선택은 언제나 옳다며 찻잔을 비워내는 우리 가족 모두는 그렇게 건강하게 하루하루를 채워간다. 자연의 흐름에 발맞추며 말이다.

# 일 상 속
## 작 은 위 안

　　　　사람은 누구나 혼자 있는 시간이 필요하다.
그 누구에게도 방해받지 않고 나에게 집중할 수 있는 시
간. 혼자 집안일을 하거나 밥을 하거나 일을 하는 시간이
아니라 아무 생각 없이 나 홀로 편안히 쉴 수 있는 그런
시간 말이다. 그런 시간을 통해서만 진정한 몸과 마음의
휴식을 누릴 수 있다.

아이들이 어릴 때는 그토록 혼자 있는 시간이 그리웠는데 아이들이 어느 정도 크고 나니 주말이면 제법 여유가 생겼다. 친구들과 학교에서 축구를 하겠다며 축구공을 챙겨 나가는 아들, 한껏 나름의 멋을 부리고 친구들과 서점에 다녀오겠다고 나가는 딸, 각자 할일을 찾아 집 밖으로 나가는 시간이 점점 늘어나고 있다. 이처럼 신랑과 내가 덩그러니 집에 남아 있는 주말이면 각자 나 홀로 여유로움을 한껏 누릴 수 있는 시간이 찾아오는 것이다.

침대와 친한 신랑이 낮잠을 자거나 유튜브로 경제 방송을 듣겠다고 방으로 들어가면 내가 집에서 가장 좋아하는 공간인 거실이 내 차지가 된다. 우리 집 거실은 앞서 말했듯 오래전부터 북카페가 콘셉트였다. 온 가족이 다 앉아서 많은 일을 할 수 있는 커다란 테이블이 꼭 있어야 했고, 테이블은 다이닝 룸이 아닌 거실에 자리를 잡고 있었다. 작은 소파 옆에는 책이 가득 꽂혀 있는 책장이 있고 이건 지금도 여전하다. 삐뚤삐뚤 꽂힌 아이들의 책은 어쩌면 예쁜 인테리어를 위한 가장 큰 방해물이 될 수도 있겠지만 상관없다. 보이는 삶보다는 진정한 삶을 위한 공간으로 거듭나고 싶기 때문이다.

그리고 인도에서 데려온 스윙 체어가 거실 창가에 자리를 잡고 있는데 나 홀로 여유롭게 거실에 머물 수 있는 주말이 되어서야 드디어 내 차지가 된다. 평소에는 스윙 체어에 여유 있게 앉아서 쉴 틈도 없을뿐더러 아이들이 앞다투어 그 자리를 차지하다 보니 내가 앉아 있을 틈이 없다. 드디어 주말 오후, 이곳이 내 차지가 되는 순간이다.

고요한 정적이 참 좋다. 차 한 잔을 우려놓고 앉아서 가만히 귀를 기울이면 창밖에서 불어오는 바람 소리와 베란다 나뭇잎이 흔들리는 소리, 차를 따르는 소리와 같은 자연의 소리, 일상의 소리가 공간을 채운다. 그 어떤 음악보다 그 어떤 소리보다 아름답고 조화롭게 느껴진다.

가끔 허전한 듯 음악이 생각나면 턴테이블을 돌려 아날로그 음악을 감상하기도 한다. 작은 여유를 누릴 수 있는 시간이면 뭐든 느리게 할 수 있는 것들을 찾는다. 요즘은 워낙 음질 좋은 블루투스 스피커가 많지만, 돌아가는 턴테이블을 멍하니 바라보며 흘러나오는 음악을 감상

하는 시간처럼 소중한 건 없다. 가끔 지지직거리는 소리와 함께 깊고 풍성하게 퍼지는 LP의 음악은 마치 어린 시절 안기곤 했던 아빠의 품처럼 푸근하다.

차를 한 잔 우릴 생각에 발걸음을 옮긴다. 차가 진열된 찬장을 열어 무슨 차를 고를지 즐거운 고민에 빠져 본다. 오랜만에 가족이 아닌 나를 위해, 오롯이 내가 좋아하는 차를 우릴 수 있는 시간이다. 차를 고르는 내내 콧노래가 절로 나온다. 이런 날은 중국 홍차를 우리기로 한다. 날이 더울 때는 중국 홍차 중에서도 민홍을, 날이 서늘할 때는 전홍을 선택하는 편이다.

중국 홍차는 서양 브랜드의 홍차와 달리 조금 더 맑고 향긋하고 달콤한 매력이 있다. 밀크티를 만들기에 적합한 진하고 쌉쌀한 매력이 있는 인도 홍차나 스리랑카 홍차와는 또 다르다. 민홍은 중국에서도 푸젠성에서 만들어지는 홍차를 뜻하고 전홍은 윈난성에서 만들어지는 홍차를 뜻한다. 지역이 다르다 보니 떼루아도 차나무도 달라서 같은 중국 홍차라고 해도 풍미가 전혀 다르다. 특히 민홍은 우롱차처럼 부드럽고 향긋해서 처음 마시는 사람들도 누구나 좋아하는 홍차이기도 하다. 전홍은 민홍보다 더 깊고 풍부한 매력이 있어 추운 겨울에 마시면 온몸을 포근하게 감싸주는 느낌이 든다.

여러 번 우려낸 홍차를 머그잔 가득 담아서 폭신한 스윙 체어에 몸을 기댄다. 기분 좋게 흔들리는 스윙 체어는 아기들의 잠을 재우는 요람 같다는 생각을 종종 한다. 차 한 잔이 손에 들려 있지 않았다면 금세 잠이 들 것 같은 기분 좋은 느낌. 잘하고 있다고 토닥이며 쓰다듬어주는 느낌이다.

가끔은 엄마로서 혹은 아내로서 살아가는 삶이 고되기도 하다. '나'로서 살아갈 수 있는 시간이 더 이상 없어진 것 같은 기분이 들 때도 있다. 그럴 때 내가 찾는 것은 스윙 체어와 한 잔의 홍차처럼 작은 것들이다. 일상의 작은 것들이 주는 위안은 얼마나 큰지. 차 한 잔이 주는 위로의 시간을 나 홀로 누리며, 다시 웃으며 일어날 힘을 얻는다.

。
중
국
홍
차
우
리
기

중국 홍차를 우릴 때는 큰 티포트에 3분 이상 우려 내거나, 개완이나 작은 다관에 짧게 우려내는 방법이 있다. 개완이나 작은 다관에 우릴 때는 서양 홍차처럼 한 번에 길게 우리는 것이 아니라 짧게 여러 번 우려서 마시면 된다. 초 단위로 시간을 늘려서 여러 번 우려 마시다 보면 변하는 차의 풍미를 감상할 수 있고, 한 번에 우려 마실 때보다 훨씬 더 많은 양의 차를 마실 수 있다.

중국 홍차 4g / 물 130~160ml(작은 다관 혹은 개완) / 5초, 10초, 13초, 16초….

( tip )

물 온도는 100도에 우려도 되지만 95도 혹은 90도 정도로 낮춰서 우리면 조금 더 부드럽게 즐길 수 있다.

# 차크닉 하기

        나는 캠핑을 참 좋아한다. 어릴 적 추억 속의 여름은 캠핑과 텐트이다. 계곡에서 물장구를 치며 까르르 웃어대던 나와 동생의 모습과 시원한 물속에서 수박을 꺼내어 반으로 나눠 먹던 일, 밤하늘을 수놓았던 은하수… 계곡으로 종종 떠나곤 했던 가족 캠핑이 아직도 생생하게 기억이 난다. 아빠는 우리가 며칠간 머물 텐트를 치고 엄마는 수박과 참외와 음료수를 계곡물에 넣어두고 코펠을 꺼내어 쌀을 씻고 밥을 지었다. 고기를 굽는 당번은 아빠였고, 물놀이를 실컷 하고 돌아온 나와 동생은 꿀맛 저녁을 먹었다. 밤하늘을 수놓은 은하수와 별똥별과 반딧불을 보며 울퉁불퉁한 바닥에서 세상 행복하게 잠이 들었다.

어린 날의 추억 때문인지, 자연 속 힐링이 그리워서 그런지 몰라도 나는 캠핑이 참 좋다. 하지만 신랑은 바리바리 짐을 싸 들고 떠나는 캠핑을 그다지 달가워하지 않는다. 그래서 그 사이의 대안을 찾아낸 것이 바로 '차크닉'이었다. 나에게 차크닉의 가장 큰 목표는 티크닉 teacnic, 신랑의 가장 큰 목표는 낮잠이고 아이들의 가장 큰 목표는 야외에서 뛰어노는 일이다. 한번은 근교 어딘가로 차크닉을 떠났는데 시간이 조금 늦어져 일명 '명당'이라고 하는 곳들의 자리가 꽉 찼었다. 아쉬운 마음을 뒤로하고 장소를 옮길까 싶어 이동하던 중에 기가 막힌 곳을 하나 찾았다. 아이들이 원하던 농구장 옆 주차장. 차를 대면 바로 앞에 호숫가 전경이 보이는 그런 곳이었다.

햇살에 반짝이는 호수의 물결과 파란 하늘과 푸른 산을 바라보며 차 바구니에서 주섬주섬 차도구를 꺼냈다. 햇살이 반짝이는 걸 보니 봉황단총 계화향이 딱 어울릴 것 같았다. 봉황단총은 중국 광동성에서 만들어지는 우롱차인데 이름에서 느낄 수 있는 것처럼 화려하고 고급스러운 차이다. 피로 해소에도 좋지만 다양한 종류의 향이 존재해서 그 매력이 각양각색이다. 밀란향, 황지향, 계화향, 통천향, 육계향 등 여러 가지 향으로 만들어져서 같은 이름이라도 서로 다른 향기를 자랑하는데, 가향이 아닌 오직 찻잎만으로도 이처럼 서로 다른 다양한 향을 만들어낸다는 사실에 감탄하게 된다.

개인적으로 가장 즐겨 마시는 봉황단총은 밀란향과 계화향이다. 밀란향은 꿀과 난향이 난다고 해서 붙은 이름이고 계화향은 계화꽃향이 난다고 해서 붙은 이름이다. 밀란향은 사계절 어느 때고 마셔도 참 좋고, 계화향은 특히 꽃망울이 팡팡 터지는 날씨 쨍한 봄날에 꺼내어 마시면 세상 그 누구도 부럽지 않을 만큼 행복하다.

신랑과 아이들이 농구를 하러 간 사이에 트렁크를 열

어두고 나 홀로 티크닉을 즐기고 있었다. 한창 뛰어놀다 돌아온 아이들은 물을 한 모금씩 들이키고는 차를 마시고 있는 내 모습을 보고 어김없이 차를 찾았다. 도란도란 이야기를 나누며 살랑이는 바람에 땀을 식히고, 각자 들고온 책을 읽기 시작했다. 신랑은 잠시 눈을 붙이겠다며 드러누웠는데 뒷좌석을 눕히면 성인 두 명이 누워도 넉넉할 공간이 만들어지니 낮잠을 자기에 완벽하다. 선루프를 통해 보이는 파란 하늘과 살랑이는 나뭇잎이 참 예쁘다며 신랑이 나도 누워보라고 했다.

나와 신랑은 차 안에서, 아이들은 차 밖의 캠핑 의자에 앉아 책을 읽는데 날씨가 점점 이상해진다. 갑자기 세찬 바람이 불고 먹구름이 몰려오더니 금세 빗방울이 떨어지기 시작한다. 후다닥 짐을 챙겨 차 안에 집어넣고 나니 굵은 비가 떨어진다. 선루프 위로 빗방울 떨어지는 소리가 마치 노랫가락 같다. 우리는 서로 마주 보고 웃음을 터트렸다. 비가 내려서 더 신나는 차크닉이 되었다며 가져온 차를 한 잔 더 우리기로 했다.

이번에는 다원 다르질링의 가을차를 우려본다. 겉보

기에는 여름차인 두물차와 비슷해 보이지만 가을의 다르질링은 훨씬 더 달착지근하고 포근하다. 가을의 찻잎은 겨울을 준비하기 위해 당분을 듬뿍 축적하고 있어서 향긋하고 달콤한 풍미를 선사한다. 특히 아리야 다원의 다르질링 가을차는 깊고 풍부한 풍미를 자랑하는데, 짙은 장미향과 카카오 향기를 담고 있다. 후드득후드득 빗소리와 축축한 흙내음, 싱그러운 나뭇잎 향기를 느끼며 마시는 다르질링 가을차는 포근한 온기로 우리를 감싸준다.

우리는 자연에서 태어나 자연으로 돌아간다. 그래서 자연을 잊고 산다고 해도 늘 자연을 그리워할 수밖에 없다. 창밖의 나무 한 그루일 수도 있고, 동네의 공원일 수도 있고, 근교의 어느 멋진 차크닉 장소일 수도 있다. 그렇게 우리는 자연을 찾고 자연에서 머무는 그 시간으로 치열한 매일의 삶을 치유 받으며, 그 힘으로 다시 일상을 살아나가게 된다.

。

## 차크닉 바구니 싸기

차크닉을 할 때는 차도구들을 담을 수 있는 바구니가 있으면 좋다. 티
테이블 대신 사용할 수 있는 평평한 뚜껑의 바구니라면 금상첨화이
다. 차도구들이 깨지지 않도록 감싸줄 보자기나 다건茶巾을 충분히 활
용하면 좋다.

내 속도대로
걷기

    주말에는 차를 고르는 데 더 고심하게 된다. 온 가족이 함께 모여 앉을 수 있는 시간인 만큼 말이다. 무이암차 중에서도 그 지역 안에서만 만들어지는 정암차라든지, 생산량이 적은 만큼 귀한 백호은침 첫물차라든지, 동목관에서 만들어진 금준미라든지 올해의 아리야 다원 다르질링 첫물차 같은 내 안의 베스트 티 리스트를 머릿속으로 스캔한 뒤 그날의 분위기에 맞는 차를 골라낸다.

이런저런 생각 끝에 결국 네팔 홍차를 꺼내어 우리기로 한다. 네팔의 홍차이지만, 일람 다원과 준치야바리 다원의 차는 모르고 마시면 중국 어느 지역의 홍차이겠거니 생각할 만큼 중국 홍차를 똑 닮아 있다. 실제로 중국 차를 하는 동생에게 우려주었더니 중국 어느 지역의 차냐며 처음 마셔보는 차 같다고 했는데, 네팔 홍차라고 말해주었더니 깜짝 놀라며 신기해한 적이 있었다.

네팔은 사실 지리학적으로 인도 다르질링과 가까이에 있다 보니 다르질링 홍차와 비슷한 차를 만들어내기로 유명한 지역이다. 네팔에서 만들어진 차가 다르질링으로 둔갑하는 일도 허다했고 인도 다르질링 정부에서는 이런 문제로 제법 골머리를 썩이기도 했다. 그런데 어느 순간부터 네팔에서는 다르질링을 훨씬 앞서는 그야말로 네팔 홍차를 만들어내기 시작했다. 중국차와 대만차를 몹시 닮아 있었지만 떼루아가 다른 만큼 특색 또한 남달랐다. 중국 홍차를 닮은 홍차, 동방미인을 닮은 차, 다르

질링을 닮은 차… 다양한 시도 끝에 네팔은 현재 네팔 고유의 차를 만들어내고 있다.

가끔 아이들과 함께하는 차 생활이 어쩜 그렇게 우아하고 아름답냐며, 부럽다는 이야기를 종종 듣는다. 하지만 난 언제나 일관되게 답한다. 사는 모습은 다 똑같다고. 물론 아이들과 함께하는 차 생활 자체가 거짓이라는 말은 아니다. 그러나 차를 마시는 그 시간을 채우는 것은 음악과 책과 함께하는 우아하고 고상한 시간이기도 하지만 때론 잔소리가 남발되고, 남매가 다투거나, 사춘기 소녀의 불만 가득한 표정이기도 하다. 그래서 무엇보다 중요한 것은 나의 속도를 지켜가며 살아가는 것이라고 생각한다. 나의 속도와 나의 방향을 찾아갈 시간이 필요하다는 생각이다. 물론 여기에 옳고 그름은 없다. 가치관에 따라 삶이란 너무나 다양하게 갈라지니까.

네팔 홍차이지만 중국 차도구인 개완에 우려냈다. 싹과 여린 잎이 많이 들어 있고 찻잎이 고르고 깨끗해서 동양식으로 우려내어도 그 매력을 한껏 느낄 수 있다. 이렇게 아름다운 한 잔의 차를 건네주는 네팔의 홍차처럼 나도, 신랑도, 아이들도 각자의 속도로 서두르지 않았으면 좋겠다. 각자가 원하는 그곳으로 걸어갈 수 있는 삶이 계속되면 좋겠다는 생각을 한다.

p.s.

아이들을 다 키우고 나면 네팔로 훌쩍 떠나겠다는 말을 종종 하곤 한다. 영영 떠나겠다는 이야기가 아니라 그곳에서 오롯이 자아를 찾는 시간을 꼭 한번 누려보고 싶기 때문이다. 왜 하필 네팔이냐고 묻는다면, 어쩌면 우리가 지금 맛보고 있는 이 네팔 홍차 때문이라고 대답해야겠다.

°

중국 차도구
개완

개완은 중국 차도구 중 하나이다. 중국에서는 이 개완에 차를 마시기
도 하고 차를 우리기도 하는데, 개완 사용이 일반적이지 않은 우리나
라에서는 주로 차를 우리는 용도로 사용하고 있다. 개완은 배개, 배
신, 배탁 세 부분으로 이루어져 있다. 배개라고 하는 뚜껑은 하늘을,
배신이라고 하는 몸은 사람을, 배탁이라고 하는 받침은 땅을 뜻한다.
천인합일天人合一. 사람과 자연은 하나라는 멋진 뜻을 담고 있는 차도
구이다.

# 주말에는
## 떡볶이를

       이사 온 집 주방의 창밖 너머 나무에 새들이 둥지를 틀었다. 시간이 흘러 아기 새가 태어났고, 어느 날부터는 새들이 지저귀는 소리를 매일 들을 수 있게 되었다. 아이들과 앉아서 차를 마실 때도 어김없이 새들이 지저귄다. 아이들은 새들의 노래를 들을 수 있어서 무척 행복하다고 했다. 가까이에 자연이 있어서 참 다행이다.

살랑살랑 기분 좋게 흔들거리는 스윙 체어에 기대어 새들의 노랫소리를 듣고 있으니 잠도 솔솔 오고 만사가 귀찮다. 점심 먹을 시간이 다가오는데 움직이기 귀찮아 신랑에게 SOS를 쳐본다. 솜씨 있는 요리사는 아니지만 밀키트 정도는 훌륭하게 해내는 신랑이 떡볶이를 만들겠다고 한다. 떡볶이를 좋아하는 딸아이가 귀를 쫑긋거린다. 집 앞 분식집에서 김밥을 사올 테니 엄마는 차를 우리란다. 갑자기 온 식구들이 분주해졌다.

분식에는 우롱차가 참 잘 어울린다. 딸아이가 좋아하는 오이와 당근이 듬뿍 들어간 김밥에 신랑이 만든 떡볶이를 한 상 차리고, 우롱차를 티포트 가득 우려낸다. 이때 종종 선택되는 우롱차는 대만 우롱차의 한 종류인 정총철관음이다. 정총철관음이란 대만의 목책 지역에서 만들어지는 목책철관음을 전통 품종과 전통 방식을 그대로 고수해 만든 우롱차이다. 중국의 안계 지역에서 만들어지는 철관음보다 산화도가 높아서 찻잎은 푸릇푸릇하기보다는 적갈색을 띤다. 편안하고 구수해서 분식에 참 잘 어울린다.

목책, 중국어로는 무자라고 하는 지역은 대만 타이페이 근교에 있다. 관광업의 발달과 상업화가 많이 된 지역이지만 바닥이 투명 유리로 된 케이블카를 타고 차 밭을 구경하는 재미가 쏠쏠하다. 차 밭을 누비며 한껏 걸어 다니다가, 풍경 좋은 찻집에서 차 한 잔을 마시거나 맛있는 대만 음식을 먹는 즐거움이 가득한 지역이기에 무척 인상 깊었다. 차 밭 가까이에 살면 참 좋겠다는 생각을 종종 하는 나에게 목책은 참으로 부러운 지역이었다.

떡볶이의 매운맛에 물을 한 사발씩 마시는 아들에게는 시원하게 냉침해 둔 우롱차를 준비해준다. 온 가족이 둘러앉아 아빠가 만든 떡볶이에 감탄한다, 아니 감탄해준다. 칭찬은 고래도 춤추게 한다는데 신랑에게 하는 칭찬에 참 인색했던 나 역시도 조금씩 변해간다.

두 번, 세 번, 네 번… 여러 번 우려낸 차는 본연의 맛과 향을 쏟아내어 물보다는 진하지만 은은하고 희석된 차 맛을 내기 마련이다. 나만의 고유한 색깔이 또렷한 것도 좋지만 은근하게 어우러지는 그 느낌도 괜찮다. 나이가 들어간다는 것은 어떻게 보면 또렷했던 나의 색깔을 희석해가는 일인지도 모르겠다는 생각을 해본다.

밀키트나 레토르트를 거부했던 내가 밀키트를 사다 놓고, 불 앞에 결코 서지 않았던 신랑이 시키지 않아도 나서서 채소를 굽고 주꾸미 요리를 해준다. 이러한 변화들이 우리가 함께 어우러져 살아가는 모습이 아닌가 싶다.

p.s.
다시 한번 말하지만 정총철관음과 떡볶이의 어우러짐은 참 괜찮다. 꼭 드셔보시길.

# 홈 캠핑
## 즐기기

　　요즘은 '홈 캠핑'이 유행이다. 거실을 캠핑장처럼 꾸며두고 (심지어 텐트와 파라솔까지 쳐두고) 홈 캠핑을 즐기는 사람들이 점점 늘어나고 있다. 벽에 빔을 쏘아 영화를 즐기고, 멀티 플레이트로 거실에서 고기를 구워 먹기도 하고, 캠핑장 요리를 해 먹기도 한다. 불멍 대신 촛불을 켜 초멍을 즐기고 좋아하는 음악을 마음껏 틀어놓으며 그 시간을 만끽한다. 봄, 가을과 같은 계절에는 야외에서 즐기는 시간이 더없이 좋지만, 한여름이나 한겨울처럼 쉬이 자연 속으로 뛰어들지 못하거나 상황이 여의치 않을 때는 집에서 캠핑 분위기를 내며 그 시간을 즐겨보기도 한다.

지금에 만족하며 사는 것, 그리고 바라는 무언가를 추구하는 것. 둘 간의 괴리는 항상 존재한다. 홈 캠핑을 즐기며 초멍을 하다가 그런 생각을 하곤 한다. 홈 캠핑이라는 단어는 얼마나 정겨운지, 또 얼마나 좋은 대안인지 말이다. 내가 속해 있는 상황 안에서 최선을 다해 만족을 끌어내는 것. 나에게 있어 홈 캠핑이란 그런 것이다.

맞바람이 불어 대체로 집이 시원한 편이라 집에 있는 시간 동안에 우리 집 창문은 늘 열려 있는 편이다. 봄, 여름, 가을, 겨울, 미세먼지만 심하지 않다면 사계절 내내 불어오는 바람의 온도 차이를 느끼며 자연을 가까이 할 수 있다. 창문을 열어두면 앞서 말했던 새 가족들이 열심히 노래를 불러주어 마치 산으로 캠핑이라도 온 듯한 기분이 든다.

따스한 조명을 틀어두고, 촛불과 캠핑 조명까지 켜두면 우리 집은 어김없이 캠핑장으로 변한다. 신랑은 흔들거리는 스윙 체어에 몸을 기대어 책을 읽고 딸과 나는 테이블에 앉아 각자의 할 일을 한다. 아들은 소파에 비스듬히 앉아서 안락한 독서 타임을 누린다.

잔잔한 음악이 흐르고 문득 바람이 코끝을 스치고 지나가는데 차를 한 잔 마셔야겠다는 생각이 들었다. 홈 캠핑의 장점은 차를 마실 때 필요한 모든 도구가 넉넉하게 있다는 점이다. 마치 진짜 산에서 캠핑을 하는 것처럼 대만의 고산 우롱차를 마시기로 했다. 리산 우롱, 합환산 우롱, 대우령… 대만의 고산 우롱차도 그 종류가 무척 다양하다. 진지하게 고민을 하다가 해발 고도가 가장 높은 대우령 우롱차를 꺼내었다. 맑고 깨끗한 대우령을 마시면서 진짜 캠핑 분위기를 즐겨보자며 말이다.

차라면 뭐든지 다 좋아하는 신랑과 딸, 좋아하는 차에 대해 호불호가 명확하고 섬세하게 평하는 아들까지도 모두 좋아하는 차가 바로 대만 우롱차이다. 그중에서도 고산 우롱차는 아들의 섬세한 입맛에 딱 들어맞는다. 실

제로 산에서 마시는 고산 우롱차는 꿀맛이다. 특히 이른 아침 산이 이슬과 운무를 가득 머금고 있을 때, 고산 우롱차를 꺼내어 우려 마시면 산의 깨끗하고 맑은 기운이 온몸으로 밀려들어 오는 듯하다. 그래서 캠핑을 하러 갈 때 꼭 잊지 않고 챙겨가는 차이기도 하다.

홈 캠핑은 코로나가 가져온 우리 사회의 또 다른 변화 중의 하나이기도 하다. 주어진 상황에서 최선을 다해, 집에서 보내는 시간을 즐길 수 있는 또 하나의 작은 문화로 자리매김이 되어가고 있다. 홈 캠핑이라는 단어가 주는 따스함은 어른들에게도, 아이들에게도 마음의 안정을 더해주는 듯하다. 정말 캠핑을 온 것처럼 집을 함께 꾸미고 배치하는 시간을 공유한다는 것은 집과 가족의 온기를 더해주는 일이 된다.

고산 우롱차를 우려내자 아니나 다를까 약속이라도 한 듯 가족 모두가 감탄사를 내뱉는다. 청아한 고산 우롱차를 한 모금 마시자 마치 강원도 산골 어디에서 코끝을 간지럽히던 숲속의 향기가 느껴지는 듯하다. 차를 마시는 아이들도, 신랑도 같은 생각을 한 듯한 표정으로 찻잔을 비워낸다. 일부러 비워둔 하얀 벽에 빔을 쏴서 영화를 한 편 보기로 했다. 네 식구가 오밀조밀 모여 앉아 차를 마시고 영화를 즐긴다. 그렇게 홈 캠핑의 밤이 저물어간다.

빈 티 지 를
　　　좋 아 합 니 다



　　　　　이번 생에 미니멀리스트가 되긴 틀린 것 같
다. 한동안 미니멀 라이프를 살아보겠다고 열심히 애를
썼으나 기본적으로 나의 '일', 그리고 '삶'과 관련된 기물
들이 너무나 많았다. 짐이라고 치부하기에는 나와 오랜
시간을 함께 숨 쉬어왔고, 지금도 나의 일상 속에 깊이
관여하고 있다 보니 쉽게 정리되지 않는 부분들이다. 그

럼에도 한동안 유행처럼 번지던 '심플 라이프'나 '미니멀 라이프'에 대한 동경과 함께 마음이 무척 흔들린 적이 있었는데, 《당신의 인생을 정리해 드립니다》라는 책을 읽고 난 후 생각을 바꾸게 되었다.

그 책에서 작가는 미니멀 라이프도 좋지만 '미니멀' 보다는 '라이프'가 먼저라는 이야기를 한다. 그 구절을 읽는 순간 가장 중요한 것을 잠시 잊고 있었다는 생각이 들었다. 결국은 나의 삶 아니던가. 미니멀 라이프가 아무리 좋다고 한들 라이프보다 미니멀이 앞설 수는 없었다. 그래서 그때부터는 마음을 다시 다잡고 미니멀을 추구하되 나의 라이프를 최우선으로 두었다. 내 삶을 지키기로 마음먹은 것이다.

차를 좋아하기 시작하던 그 시절부터 빈티지 찻잔에 마음을 빼앗기기 시작했다. 반짝반짝 빛나는 새로운 찻잔보다 50년 전, 70년 전, 100년 전… 그 옛날 누군가가 사용하던 그 시절의 이야기를 담고 있는 빈티지와 앤틱 찻잔들은 내 가슴을 두근거리게 했다. 그 찻잔 안에 담긴 이야기가 궁금했고, 그 잔에 뜨거운 차를 따라 마시면 찻잔이 그 시절의 이야기를 소곤소곤 들려주는 듯했다. 찻잔의 옛이야기에 나의 이야기가 더해져 새로운 이야기가 만들어지는 것도 가슴 떨리는 일이었다.

다시는 손에 넣을 수 없는 옛날 옛적의 흙과 이미 이 시대의 사람이 아닌 도공의 손길을 거쳐 다시는 만들어지지 않는 찻잔이라는 것도 특별한 매력을 더해주었다. 그 시절, 집에서 아이를 키우며 일하던 나 자신을 위해 하나씩 사 모으던 빈티지 찻잔이 어느새 그릇장을 가득 채웠고 빈티지 찻잔 수집으로 다양한 잡지 매체에 실리기도 했었다. 그리고 인도를 오가며 참 많은 찻잔과 그릇을 누군가의 손에 넘기게 되었다. 그 예전에 비하면 지금의 나는 참으로 미니멀한 라이프를 사는 셈이기도 하다.

사실 홍차를 즐기던 시절에서 벗어나 다양한 중국차의 세계에 눈을 뜨기 시작하면서 개완이나 자사호, 중국찻잔, 우리나라 작가님들의 다관 등 동양 차도구가 하나둘 늘어났다. 하지만 제한된 공간에 모든 것을 집어넣을 수는 없었다. 그렇기에 아끼던 빈티지 찻잔이나 플레이트는 그것을 원하는 누군가의 손으로 넘겨줄 수밖에 없

었다. 긴 시간 나와 입을 맞추었다가 누군가의 집으로 보낸 나의 찻잔들은 하나도 남김없이 다 기억하고 있다. 사진으로 남아 있기 때문이기도 하지만 나와 날마다 나누었던 찻잔들이기에 기억 속에 생생하게 남아 있다.

중국차의 세계는 홍차의 세계와는 또 다르다. 같은 차라도 다른 흙으로 만든 다관을 사용하거나 혹은 다른 형태의 개완을 사용함에 따라 그 맛과 향이 천차만별로 달라지기에, 그날그날 나의 기분에 맞추어 사용할 수 있는 다양한 차도구들이 필요하게 되었다. 차를 우리는 작은 차도구뿐만 아니라, 찻잔 역시도 차의 맛을 끌어내는 데 중요한 역할을 하기 때문에 소꿉놀이 같은 작은 중국 차도구들도 나날이 늘어갈 수밖에 없었다.

주말의 찻자리는 늘 평일보다 여유가 넘친다. 출근이나 등교와 같은 시간 제한이 없는 날이기에 한껏 여유를 부리면서 온 가족이 함께 느긋하게 즐길 수 있는 시간이기도 하다. 그래서 이날은 아이들에게 차도구를 선택할 수 있는 기회가 주어지기도 한다. 홍차를 우릴 때는 아들이 좋아하는 빈티지 웨지우드의 피오니 모양의 잔들을 꺼내어 테이블에 올려두고, 중국차를 우릴 때는 아이들 전용 개완을 꺼내어 자그마한 손으로 우리는 차를 맛보기도 한다. 그릇장을 열고 본인들이 좋아하는 잔을 꺼내오기도 하고 엄마와 아빠의 찻잔을 골라주기도 하는 평범한 듯 특별한 시간을 나눈다.

오랜만에 가족 여행을 떠올리며 스리랑카 누와라엘리야의 차를 천천히 우려내기로 한다. 나이가 들면 꼭 가서 한 달 살기를 해보고 싶다고 생각했던 누와라엘리야는 스리랑카에서도 가장 고지대의 차 산지에 속하는 지역이다. 이른 새벽 누와라엘리야는 찬 공기가 가득하고, 차밭의 찻잎에는 이슬이 맺혀 있었다. 누와라엘리야의 차는 꽃향기를 그득히 담고 있어 꽃 그림이 그려진 빈티지 찻잔에 담아내면 더욱 화사하고 향기로운 느낌이 든다.

누와라엘리야의 차 중에서도 페드로 다원의 차는 내가 제일 좋아하는 스리랑카 차이다. 러버스 립이라는 이름으로도 불리는데, 사랑하는 연인이 이루지 못한 사랑 때문에 뛰어내렸다는 가슴 아픈 전설이 있다고 해서 관광지로도 유명하다. 페드로 다원의 차는 아름다운 자연

환경만큼이나 아름다운 차다. 살랑이는 봄날의 산들바람을 똑 닮았다. 그릇장 앞에서 곰곰이 고민하다가 빈티지 웨지우드의 캐세이Cathay를 꺼내어 들었다. 캐세이는 중국이라는 뜻을 가진 단어이다. 중국의 꽃 그림을 담은 영국의 찻잔에 스리랑카의 차를 담아낸다. 테이블 위에서 순식간에 세계 여행을 이곳저곳으로 떠나는 순간이다.

빈티지 찻잔이나 그릇을 품에 안을 때, 또 한 가지의 좋은 점이 있다면 일상적으로 사용하는 찻잔을 '재사용'할 수 있다는 점이다. 아이들과 함께 일회용품 사용을 자제하고 새로운 물건을 살 때에도 많은 고민을 함께 나누는 생활을 실천하고자 노력하고 있는데, 빈티지나 앤틱 찻잔이나 그릇은 이미 만들어져 있는 물건들을 다시금 재사용하는 셈이다.

나의 그릇장에는 금이 가거나 이가 나간 빈티지 잔들도 허다하다. 음식물이 들거나 찻물이 새는 경우에는 찻잔을 다육이 화분으로 사용하거나 소이 왁스를 녹여 향초로 만들기도 하지만 사용하는 데 크게 불편하지 않은 정도의 경우에는 흔쾌히 그대로 쓴다. 눈부시게 빛나는 새 찻잔보다도 이가 나간 오래된 빈티지 찻잔이 훨씬 더 정겹게 느껴지는 것은 왜일까. 완벽할 수 없는 우리네 모습을 닮아서 그런지도 모르겠다. 혹은 세월의 흐름을 안고 있는 찻잔을 품을 수 있는 넉넉한 마음이 좋아서 그런지도 모르겠다. 찬찬히 나이가 들어가는 나의 모습이, 금이 가고 이가 나간 빈티지 찻잔과 사용한 흔적이 가득 담겨 있는 빈티지 그릇을 닮아 있어서 그런 건지도 모르겠다.

오늘따라 자잘한 세월의 상처가 더해진 빈티지 찻잔이 더 예뻐 보인다. 해가 갈수록 많은 이야기를 담아내며 빈티지로 인정받은 찻잔이 더 많은 세월이 흘러가면 앤틱으로 인정받는 것처럼, 나 역시도 내 손에 들고 있는 이 찻잔처럼 세월이 지난 후에도 그 가치를 인정받고 싶다는 생각을 해본다. 시간이 흘러 그 진가가 발휘되는 빈티지와 앤틱처럼 나도 꼭 그런 사람이 되겠다고 다짐하며 찻잔을 비워낸다.

아들과
　　하동 여행



　　처음으로 아들과 단둘이서 여행을 떠났다. 고작 1박 2일의 여행이었지만 둘 다 잔뜩 들떠 있었다. 인도에 다녀온 후 처음으로 가는 하동이었기에 얼마나 변했는지도 궁금했고 드넓은 차 밭은 잘 있는지도 궁금했다. 그리고 여행 당일, 우리는 새벽같이 일어나 도로 위를 달렸다. 이른 시간인 만큼 쌩쌩 달릴 수 있었고 3시간 반 만에 하동 동정호에 도착했다.

하늘은 파랗고 공기는 맑았으며 햇살은 따사롭고 시원한 바람이 가득했다. 아들과 나는 간단한 요깃거리와 차 바구니를 들고 동정호 벤치에 앉아 차를 마시며 하동의 아침 공기를 만끽했다. 이른 시간이라 사람도 거의 없었기에 파란 하늘과 호수를 배경으로 전세를 낸 것처럼 벤치에 앉아 동정우롱차를 한 잔 우려냈다. 마침 차 바구니 안에 대만의 동정우롱차가 있었다. 맑은 공기와 쨍한 날씨였지만 바람이 제법 매서워 차의 온기가 참 좋았다. 하동에 왔으니 하동 녹차를 맛보아야 하지 않겠냐며 아들은 녹차 밭에 얼른 가보자고 이야기했다.

하동은 우리나라에서 차를 가장 먼저 재배하기 시작한 지역이다. 하동 녹차의 역사는 신라 시대로 거슬러 올라간다. 삼국사기의 기록에 따르면 신라 흥덕왕 3년(서기 828년)에 당나라에서 가져온 차 종자를 지리산에 심었다고 한다. 차는 선덕여왕 때부터 있었지만 이때부터 차가 성하였다는 기록으로 보아 약 1,200년의 역사를 가지고 있다고 해도 과언이 아니다. 그렇기에 지금도 하동에

가면 어렵지 않게 차 밭을 구경할 수 있다. 등록된 다원만 해도 140여 개에 달한다.

하동이 관광 명소로 인기를 끌면서 여기저기에 맛집과 예쁜 카페도 많지만 무엇보다도 차를 체험해볼 수 있는 장소들을 추천한다. 나와 아들은 '도심다원'에서 피크닉 세트를 신청하여 차 바구니를 들고 다원 한가운데에 앉아 올해의 햇차와 발효차를 즐겼다. 하동 녹차 밭에서 즐기는 하동 녹차는 그야말로 꿀맛이었다. 아들은 역시나 녹차가 제일 좋다며 연거푸 차를 우려 마셨다. 냉해를 입어 붉게 변한 찻잎들이 안타까웠지만 그래도 드넓게 펼쳐진 차 밭을 보며 초록의 힐링을 마음껏 누렸다. 기후변화로 인해 피해를 보는 것들의 범위가 점점 넓어지고 있다는 생각에 마음이 아팠고, 차 밭에서 천진난만하게 즐거워하는 아들을 보며 미안한 마음이 가득했다. 아이들에게 물려줄 자연의 모습이 내가 보았던 그 모습 그대로 아름다웠으면 좋겠다는 생각을 했다.

도심다원 외에도 유로제다, 매암제다 등 차 밭에서 피크닉을 즐길 수 있는 다원들이 제법 있다. 같은 하동 녹

차여도 다원마다 풍경도, 차 맛도 서로 다르기에 여유가 있다면 여러 군데에서 즐겨보아도 좋다. 너무 바쁘지 않을 때라면 사전 예약을 통해 녹차 제다 체험도 해볼 수 있다. 우리나라 녹차에 대해서 직접 체험해 볼 수 있는 곳이 그리 멀지 않은 데에 있다는 것은 참 행운인 듯하다.

화개장터 아래 주차장에 차를 세우고 차크닉을 한다. 가져 온 차를 또 한 잔 우려 마시면서 비스듬히 몸을 기대어 하동의 바람결을 느껴본다. 책을 읽는 여유도 누리고 멋진 전망에 감탄도 하면서 그렇게 하루를 꼬박 보냈다. 차로 돌아다녀도 좋고, 걸어 다녀도 좋고, 가만히 누워서 바람을 맞아도 좋다며 아들은 하동에 살고 싶다고 했다.

우리의 마지막 목적지는 하동의 명소로 잘 알려진 '호중거'였다. 벌써 10년의 연을 쌓아오게 된 호중거의 내외분은 하동으로 내려가서 직접 집과 다실을 짓고 그곳에서 생활하고 계신다. 나무들로 둘러싸여 고즈넉하게 멋스럽게 자리를 지키고 있는 호중거는 보는 것만으로도 위안이 되는 장소였다. 두 분은 언제나처럼 변함없이 나를 따스하게 맞아주셨고 선생님께서 우려주시는 차는 늘 그렇듯이 맛이 참 좋았다. 차를 다루는 섬세하고 다정한 손길이 무척 반가웠던 그날, 7여년 전 딸과 함께 찾았던 호중거에서, 아들과 함께 차를 마시며 세월의 무상함과 차로 만나는 인연에 관한 이야기를 나눌 수 있었다.

유리창 안으로 들어오는 햇살과 지저귀는 새소리에 눈을 떠보니 녹음 가득한 하동의 산이 나를 맞이해 주었다. 자연 속에서의 삶이란 얼마나 아름다운지. 그런 호중거에서 고즈넉하게 마시는 하동 녹차는 어제의 녹차와 또 달랐다. 녹차에서 풀 냄새가 난다고 아들이 조그맣게 속삭였다.

돌아오는 길은 차가 꽉 막혀서 아들과 거의 5시간 반을 차에서 보내야 했다. 아들은 엄마와 단둘이 하는 첫 여행이 좋았는지 갔던 곳들을 하나씩 곱씹으며 끊임없이 재잘거렸다. 우리도 하동에 와서 집을 짓고 살면 안 되겠냐며, 어디를 둘러보아도 나무가 가득한 그 집이 무척 마음에 든다며 씩 웃었다. 그렇게 우리는 집으로 돌아오는 길 내내 서로의 마음을 나누고 공감하며 채워나갔다.

하동 곳곳의 자연과 여유를 마음껏 누리고 돌아온 우

리는 자연이 보듬어주는 치유의 손길을 제법 오랜 시간 품을 수 있었다. 다음에는 온 가족이 함께 하동의 자연이 주는 선물 같은 시간을 누리고 싶다는 생각을 하며 아들과 꼭 껴안고 잠이 들었던 밤이다. 하동 곳곳에서 마셨던 차향이 우리의 품으로 스며들었다.

。

## 하동차 추천


1. 백학제다 녹차

   우연히 지인의 추천으로 알게 된 백학제다의 녹차는 기품 있는 선비의 모습을 닮은 듯하다. 누구나 쉽게 살 수 있을 만큼의 적당한 가격까지도 마음에 드는 하동 녹차.


2. 고연산방 발효차

   우리나라 발효차를 여러 가지 맛보았지만 이처럼 꽉 찬 느낌이 들면서 편안한 발효차는 처음이었다. 하동 산책길에 발효차를 정성껏 만들고 계신 고연산방의 선생님을 우연히 뵈었는데, 차에 대한 열의와 애정이 가득하신 분이었다. 과연 그런 분이 만드신 차라는 생각이 들었다.


3. 동장윤다 약발효차

   녹차를 닮았지만 녹차는 아닌 듯 속이 참으로 편안한 차다. 가끔 빈속에 차를 마시고 싶을 때 꺼내어 마시는 차로 요가 수행이나 명상과도 참 잘 어울린다. 신경희 작가님의 보듬이에 종종 담아 마신다.

# 차 마시는
## 가족

꽤 오랜 기간 둘째가 손에서 놓지 않고 있는 책이 있다. 초등학생 부모라면 한 번쯤은 들어봤을 법한 《읽으면서 바로 써먹는》 시리즈이다. 어린이 속담, 수수께끼, 고사성어, 사자소학, 관용구 등을 그림과 글로 풀어낸 책인데 제목 그대로 아이가 실생활에서 얼마나 자주 써먹는지 모른다.

뜬금없이 책 이야기를 하는 이유는 아이들을 키우면서 가장 마음에 와닿는 고사성어가 하나 있어서이다. 백언불여일행白言不如一行, 백 마디 말보다 한 번 실천함만 같지 않다는 그 말이 육아를 하면서 늘 떠올리게 된다. 백 번 잔소리해도 듣지 않지만 행동으로 한 번 보여주면 그대로 따라 하는 게 바로 아이들이다. 그래서 부모란 책임감이 한층 더 막중해질 수밖에 없으며 더 나은 사람이 되고자 노력하게 될 수밖에 없는 것 같다.

아이들은 놀랍게도 내가 싫어하는, 나의 좋지 않은 행동과 말투를 아주 빨리 따라 하곤 한다. 좋은 모습도 따라 하지만 나쁜 모습은 더 빨리 따라 한다. 그래서 부모는 자식의 거울이라는 말이 있다. 그걸 잘 알고 있음에도 오랜 기간 내 몸에 배어든 그 습관들은 쉽게 고쳐지지 않는다. 그래서 나는 좋은 습관들을 만들어 아이들에게 보여주기로 마음을 먹었다. 나쁜 모습을 개선하는 것도 필요하지만 좋은 모습을 더 많이 만들면 되겠다는 생각이 들었다. 좋은 행동을 많이 하면 할수록 아이들 역시 좋은 습관을 더 많이 만들 테니 말이다.

우리 아이들은 인도에 거주하는 동안 인도를 좋아하고 즐기는 엄마의 모습을 보면서 인도에 대한 좋은 인상을 가득 채워나갔다. 한국에 돌아온 뒤, 첫 번째 여름방학에 다시 인도행 비행기에 몸을 실었던 이유 역시 그것 때문이다. 그리고 요가와 명상. 엄마가 꾸준히 요가와 명상을 즐기는 모습을 보고 자란 아이들은 명상을 즐기고 요가를 좋아하는 아이들로 자라났다. 엄마가 인도 민화를 그리는 모습을 보며 인도 민화에 관심을 두고 그림을 그렸고, 책을 읽는 모습을 보고 꾸준히 책을 읽는 아이들로 자랐다.

그중에서도 빼놓을 수 없는 것은 물론 차를 마시는 일상이다. 큰아이는 14년째, 작은아이는 11년째 거의 하루도 빼놓지 않고 매일 함께 차를 마시다 보니 이제는 차를 마시는 것이 특별한 무엇이 아니라 하루 세 끼 밥을 먹는 것처럼 자연스러운 일상이 되었다. 차는 다른 음료에 비해서 준비하고 우리는 시간을 들여야 하기에 마시면서 더 큰 여유를 찾게 된다고 생각한다. 시간을 들여야지만 만날 수 있는 시간, 아이러니하지만 그런 덧없이 느껴지는 순간들로 우리는 여유를 느낀다. 하지만 그런 시간이 일상이 되면 더 이상 시간을 들일 필요가 없는 자연스러운 행위로 자리를 잡게 된다. 그만큼 우리의 매일은 여유가 가득한 풍요로운 나날이 된다.

　모든 분야가 그렇지만 공부를 하면 할수록 알면 알수록 더욱 어렵게 느껴지는 것은 차 역시도 마찬가지이다. 그중에서도 특히 보이차는 그 역사와 내용이 방대해서 알면 알수록 더욱 어렵고 복잡하다. 주말 저녁, 가족들이 모여 앉아 한 주를 마무리할 때면 한 번씩 보이차를 꺼내어 우린다. 시간을 오래 들여 묵힌 보이 숙차는 다른 차에 비해 카페인의 함량이 적은 편이라 저녁 시간에 마시기에 큰 무리가 없다.

　내가 즐겨 마시는 보이 숙차는 어린싹으로 만든 궁정보이와 2011년도 맹해 황편, 그리고 2011년도 두기의 화천화이다. 10년 이상 세월이 흐른 보이차는 깊이가 더욱 깊고 맛은 더욱 부드럽다. 보이차에 대해서는 식견이 부족한 편이라 믿을 만한 동생에게 조언을 구해 산 차들인데, 해가 거듭될수록 몸과 마음이 만족스러운 차들이다.

우리 집에서 내가 가장 좋아하는 풍경은 네 식구가 모두 모여 앉아 함께 차를 마시는 풍경이다. 아이들의 나이만큼 쌓여온 이 시간은 그 무엇과도 바꿀 수 없는 소중한 시간이며 나와 신랑이 아이들에게 물려줄 수 있는 소중한 삶의 일부가 되어줄 것이다.

입안 가득 차오르는 달큰하고 시원한 보이차를 마셔본다. 도자기 찻잔이 달칵거리는 소리, 책장 넘기는 소리와 아이들의 바스락거리는 소리가 우리의 공간을 채운다. 주말 저녁, 차 마시는 풍경은 아마 우리 가족 모두가 오래도록 기억할 수 있는 따스한 추억이 되어줄 것이다. 잘 만든 보이차는 시간이 더해질수록 그 가치가 더욱 빛난다. 쌓여가는 우리 가족의 이 시간도 언젠가 반짝반짝 빛나길 바라본다.

# 차와 일상

천천히 따뜻하게, 차와 함께하는 시간

1판 1쇄 인쇄  2021년 9월 15일
1판 1쇄 발행  2021년 9월 30일

지은이  이유진
펴낸이  김성구

주간  이동은
책임편집  이슬
콘텐츠본부  현미나 송은하 김초록
디자인  이영민
마케팅본부  송영우 엄성윤 윤다영
관리  박현주

펴낸곳  (주)샘터사
등록  2001년 10월 15일 제1-2923호
주소  서울시 종로구 창경궁로35길 26 2층 (03076)
전화  02-763-8965(콘텐츠본부) 02-763-8966(마케팅본부)
팩스  02-3672-1873 | 이메일  book@isamtoh.com | 홈페이지  www.isamtoh.com

ISBN 978-89-464-2197-4  03810

• 값은 뒤표지에 있습니다.
• 잘못 만들어진 책은 구입처에서 교환해 드립니다.

**샘터 1% 나눔실천**
샘터는 모든 책 인세의 1%를 '샘물통장' 기금으로 조성하여 매년 소외된 이웃에게 기부하고 있습니다.
2020년까지 약 9,000만 원을 기부하였으며, 앞으로도 샘터는 책을 통해 1% 나눔실천을 계속할 것입니다.